DU MÊME AUTEUR

L'Herbe de Saturne,
Balland, 2000.

Sacrés Animaux !
Seuil Jeunesse, 2001.

Air conditionné,
Le Seuil, 2002.

Marc Vilrouge

Reproduction non autorisée

le dilettante
9-11, rue du Champ-de-l'Alouette
Paris 13e

ISBN 2-84263-082-3

Pour Françoise Favez

Pourquoi notre besoin d'appartenir à une famille – n'importe quelle famille – est-il aussi vital que l'air que nous respirons ?

Amy Tan

Au mieux, nous sommes un instinct ou une jungle d'instincts dont les prédispositions à sauter par-dessus les architectures de la raison font vibrer dans le corps sa corde hypersensible.

Marcel Moreau

1

La vieille peluche râpée rampe sur le sofa, se hisse jusqu'au bord, puis elle se laisse glisser la tête la première. Comme le placenta tombe du cul des vaches après la délivrance, Trinquette ne fait pas plus de bruit lorsqu'elle touche terre. Elle s'écrase mollement, dans un insignifiant fracas gélatineux.

Il y a bien longtemps que la pauvre chatte n'est plus capable de monter seule sur des genoux, des accoudoirs ou des tiroirs. On doit la porter, la soulever. Christine la pose généralement en hauteur, ici ou là dans l'appartement, parce que le carrelage du salon aurait tôt fait de la refroidir vu sa fragile stature et ses rhumatismes, sans compter sa pelade et son asthme de fumeuse passive.

Le jour où Trinquette resta sur le carreau,

Christine m'appela en sanglots au téléphone. Il fallait que je vienne, d'urgence. La petite bête gisait anémiée au pied du sofa. Christine avait bien tenté à plusieurs reprises, la veille, de lui planter le museau dans son Sheba mais Trinquette refusait obstinément de s'alimenter depuis quarante-huit heures.

Arrivé au chevet de la mourante, je la titillai du doigt, hésitant à constater le décès. Trinquette n'entrouvrit sa cataracte que d'un œil. Face à tant de neurasthénie – et peut-être aussi un peu de mauvaise volonté, nous décidâmes de la conduire au plus vite chez le vétérinaire du quartier, Docteur Bismuth, un homme rompu aux femmes célibataires avec chat qui, curieusement, par lassitude évidente, ne s'adressa qu'à moi. Sans doute ce médecin gay et zozoteur renifla-t-il aussi en moi l'un des siens. Il me flaira à la manière d'un animal.

Le cas de Trinquette était critique, pour ne pas dire désespéré. Il ne nous restait plus qu'à la nourrir à l'aide d'une seringue – qu'il factura avec la consultation –, le temps que la vieille chatte passe la larme à gauche. L'homme réconforta Christine en posant une main absente sur son épaule. « Courage, mademoiselle, courage… » Puis sur le pas de son officine, il ôta et essuya ses petites lunettes pour ne plus nous voir. Nous ne le savions pas encore, mais ce bon vétérinaire venait d'intervenir dans notre avenir en nous en donnant les instruments. On nourrit Trinquette à la seringue quelques jours, puis on la piqua. L'Olympe nous réservait d'autres desseins : Christine et moi voulions faire un enfant.

2

C'est toujours à ce moment-là qu'elle relève les yeux, qu'elle se tourne vers moi parce que, peut-être, Christine sent mon regard sur elle quand sur le palier elle glisse la clé dans la serrure à trois points. On appelle ça nos cinq à sept, même si on ne trompe personne et surtout pas nous, même si nos rendez-vous échappent aux fiévreux créneaux horaires des adultères.

Pour nous, ça commence au troquet du coin, à l'heure où le percolateur a des orgasmes en rafales derrière son comptoir. Je commande une Leffe, Christine un café. Et comme toujours, dès que le garçon a le dos tourné, nous inversons l'ordre des boissons sur la table, parce que Christine s'obstine à penser que le serveur regarde avec mépris les femmes qui boivent. La bière discrètement sirotée, Christine repose le verre devant moi sur son rond de carton puis, d'un mouvement reptilien, repousse ses cheveux en arrière pour se remaquiller dans le reflet de la carte plastifiée des consommations. Mon cœur bat d'une inquiétude mêlée de bonheur.

– Tu montes, chéri…

L'ordre de la transhumance est donné.

On dit souvent que le meilleur moment est dans l'escalier, et c'est vrai je la dévore des yeux, je regarde ses hanches, son bassin large et accueillant, ses talons qui claquent comme des sabots de corne à chaque nouvelle marche gravie vers l'orgasme du défi. Qui pourrait alors faire la différence entre ce regard gourmand de l'amant et celui, expert, de l'éleveur de races bovines reproductrices ? Personne.

Trois jours par mois, je la retrouve donc dans cet appartement, avec ce trac et ce diable au corps, ces doutes et cette maudite mauvaise conscience. Pourtant, on ne trompe personne, nous sommes tous deux célibataires. Non, c'est juste la société ; on lui fait un enfant dans le dos. Le malaise vient de là, tenace, du qu'en-dira-t-on, peut-être, un jour, plus tard.

Comment leur annoncer l'heureux événement, l'immaculée conception ? L'annoncer ne sera d'ailleurs pas suffisant, il faudra expliquer, se justifier, rassurer, les parents, les amis, aussi bouter les Boutin, esquiver les mauvais jaloux, et surtout, surtout face à eux ne jamais douter de notre engagement, leur dire que non ce n'est pas une folie ce bébé, pas un coup de tête comme le chat acheté sur le quai de la Mégisserie il y a douze ans. Et même si on pense le contraire, si on sait que c'est une folie, ce désir, il ne faudra rien laisser paraître, nos regards seront aussi posés et inexpressifs, aussi bovins que lorsque nous nous retrouvons sur le palier et que Christine relève les yeux parce que, peut-être, elle sent mon regard sur elle quand elle glisse la clé dans la serrure. Et tant pis si personne ne voit pas plus loin que le bout de son nez, tant pis si ce qui se trame dans cet appartement n'éveille chez vous aucun soupçon. Tant pis pour vous, pauvres cocus. Nous, nous fermons les yeux, amants subversifs se livrant au plus délicieux des adultères sociaux.

À tâtons, à tabous, Christine et moi repensons la famille comme d'autres se lancent dans l'invention de la solitude. Et c'est au plus implacable des cercles que nous nous attaquons. À chacun de nos rendez-vous clandestins, Pi 3,14116 gagne des décimales jusqu'à se tordre.

3

La première fois, j'ai débarqué chez elle avec de simples valises sous les yeux. En bonne maîtresse de maison, Christine ouvrait le pas. Elle alluma la salle de bains, quelques généreux 9 m^2 carrelés de vert d'eau jusqu'au plafond où je devais donner le meilleur de moi-même. Un espace encaissé aux murs aveugles qu'une simple bouche d'aération au-dessus de la baignoire reliait quelque part, le long d'un obscur et poussiéreux conduit utérin, à l'extérieur, au monde.

Dans les feux de la rampe qui surplombent le lavabo, mon territoire ressemble à une cabine de peep-show qui s'ouvre sur le spectacle d'un miroir trop haut. Je déteste mon visage dans le battant de l'armoire à pharmacie. Dès ce premier jour, il sortit donc de ses gonds pour s'intéresser à mes fesses, à ma queue. Inspection générale d'usage avant les grandes manœuvres. Cette dernière n'est pas au garde-à-vous. Je scrute la pièce d'eau, me lançant dans un inventaire des éléments à portée de main susceptibles d'être érotisés. Ici, une table à repasser, là un rebord de baignoire, le tambour d'une machine à laver, je vide l'armoire à pharmacie à la recherche d'un lubrifiant convenable. Un onguent anti-âge au rétinol actif spécifié en caractères incrustés dans le verre réclame mes attentions, mes faveurs.

Je trempe ma queue dans le pot.

Bien que l'érection fût immédiate, je compris quand même, en ce premier jour de labeur, qu'il me faudrait développer des trésors de perversion pour soutenir la cadence infernale de mes éjaculations à venir. Christine lisait *Libération* dans le salon, je hurlai dans le couloir qu'il fallait mettre la stéréo à fond sinon je n'allais pas y arriver. Elle s'exécuta, toute soumise et attentive à mes moindres faiblesses sexuelles.

Elle mit France Culture…

Christine a les palpitations de ces âmes instinctives et cruelles qui captent les demandes et les satisfont, en s'échappant toujours… Dieu que je l'aime !

Ce sont les seuls mots que l'on échangea, ensuite on ne s'adressa plus l'un à l'autre que par onomatopées. Hep ! pssit ! Ici, on deale en silence… Sur la pointe des pieds, je pose le bas des couilles contre le rebord en faïence du lavabo. Le choc thermique stimule la zone érogène. J'augmente la pression et lâche quelques centilitres dans le verre à dents. Ensuite, tout va très vite. Hep ! psssit ! Échange de seringue entre deux portes, évitement des regards, collision des doigts. Et hop, l'affaire est dans le ventre. Un jeu d'enfant, je songe d'une moue satisfaite en retournant fumer une cigarette au salon. Je n'allais pas faire longtemps le fanfaron. Les éjaculations suivantes s'annonçaient périlleuses. Vers midi, je quémandai un catalogue de La Redoute, retournant à mes premiers émois d'adolescents priapistes : l'effeuillage des pages maillots de bain pour homme. La layette de l'érotisme.

Après dix minutes de poirier sur le lit, Christine descendait l'escalier de sa chambre en titubant, se plaignant de sifflements dans les oreilles. On allumait vite la télévision pour rétablir le contact. Tu veux un Doliprane ? Les premières fois sont toujours pudiques, noyées dans les pires banalités pour rompre avec la gêne.

4

Comment les bébés viennent au monde? Quand j'étais enfant, très enfant, je racontais à mes parents que la petite graine sortait du zizi de papa et glissait sur le lit conjugal jusqu'au ventre de maman. Je ne savais pas encore que ma petite graine transiterait de la salle de bains au couloir, en passant par le col de l'escalier, pour atterrir sept marches de merisier plus haut, dans la chambre de Christine.

Un vrai parcours du combattant qui, à chaque coup tiré, récolta son lot de victimes innocentes et de soldats inconnus tombés pour notre cause personnelle malgré les frappes chirurgicales toujours plus précises au fil de ces longs mois d'assaut. Pourtant, nous tenions bon dans nos retranchements. Pour ça, non, nous ne voulions pas rendre les seringues!

Le deuxième mois, les trois jours d'ovulation virèrent à l'abattage. Nous avions planifié une insémination toutes les heures, et vers la fin de la journée, je prétextai, épuisé, qu'il fallait peut-être s'arrêter là, parce qu'à force, ce môme, il allait être terminé au pipi. Et puis une mère portée sur la bouteille et un père pédé sous Prozac c'était déjà lourd comme héritage familial. Alors si en plus de ça, on ne misait pas sur la qualité, là, pour le coup, oui, on allait se retrouver avec un tocard.

Christine ne trouva rien à redire. Elle en avait marre de faire le poirier dans la chambre, et moi de poireauter dans le salon la queue tremblante comme un oisillon tombé du nid, enroulée dans du coton puisque je ne supportais plus le contact direct du slip entre mes jambes.

5

Christine habite au quatrième étage d'un immeuble de la rue des Trois-Bornes. Mon studio se situe à deux pâtés de bohème plus haut, vers Oberkampf. J'ai déménagé exprès pour me rapprocher de Christine quand Antoine est mort. Chez moi, c'est tout petit, et pourtant il y a des coins où je ne peux pas aller : la table de travail, par exemple, alors qu'il y a une chaise. Ce qui fait que la maison ne sert pas. Le fauteuil ne sert pas, la cuisine ne sert pas, je mange au restaurant, travaille tard le soir au café. Je n'utilise mon studio que pour dormir et me laver. J'envie les gens qui savent recevoir. Chez moi, les fourchettes et les petites cuillères peuvent se mélanger au linge, le gel à queue aux boîtes de petits pois. Mon rêve, quand le désordre me contamine, c'est d'avoir une armoire pétainiste avec du linge bien empilé, bien propre, bien frais. Christine, elle, sait recevoir. Tout invite à se poser dans son appartement, le sofa, la grande table ronde. Velours et cuir habillent les conversations, et son salon reste habité longtemps après le départ des invités. Deux chaises vides poursuivent leurs messes basses dans un coin. J'attends, en sachant qu'elle le fait toujours avant le départ du dernier convive, que Christine me propose de rester dormir. On se blottit contre un téléfilm. On a nos Lexomil et nos boules Quies.

6

Qu'importe le flacon pourvu qu'on ait l'ivresse… Je sniffe désormais du poppers à chaque masturbation. L'inhalation du nitrite de propyle inflammable provoquant à haute dose une cyanose des doigts et des lèvres, je sors de la salle de bains le teint bleuâtre et nauséeux, vite rejoint dans le salon par une Christine toujours plus déboussolée par ses bourdonnements d'oreilles. Du Grand-Guignol, et aucun résultat concluant. Nous luttons contre les maux de tête à coups de Doliprane, vidant quelques bouteilles de bourgueil en fin de soirée pour ne pas sombrer dans le ridicule. Utilisé à bon escient, le vin est une illusion porteuse, son rire une offrande à l'ogre de la dérision.

J'ai tout essayé dans la salle de bains, le fer à repasser sur les couilles, la chevauchée fantastique de la machine à laver lancée en plein essorage rapide. Pas un pot, pas un shampoing hypoallergénique qui n'ait été fourré, testé dermatologiquement par ma queue. Jusqu'à la crème dépilatoire sur les fesses et les couilles pour que les doigts glissent, massent, se fourvoient. J'ai tout essayé, testant jusqu'au fond de teint sur les pectoraux pour les faire apparaître plus saillants, plus dessinés. Ne me reconnaissant plus de jour en jour pour pouvoir jouir plus vite, homme tronc dans le miroir de l'armoire à pharmacie sorti de ses gonds, puzzle humain, homme objet fragmenté, j'isolai comme au bordel un triceps, une fesse, une contraction du pectoral gauche, du mollet droit. Corrigeant mentalement, d'un trait d'esprit, toutes les disgrâces de mon anatomie pour former un catalogue de clichés érotiques dignes des plus rutilantes couvertures de revues gays. Réussissant même à recréer un visage fantasmatique et cubiste en collant une moue pulpeuse et carnassière à des mâchoires carrées carrelées d'Émail diamant, sorte de premier jet d'une esquisse terminée au couteau et à l'abrasif pour parfaire des joues creusées et un regard froncé des plus distants et provocateurs du genre beau-gosse-qui-le-sait et qui te le crache à la gueule. Toute une imagerie gay et tyrannique d'homme très très mâle dans sa peau qui motiva des années d'inscription infructueuses au Gymnase Club.

Je gicle dans le verre à dents de Christine.

7

Petits arrangements entre amis, voilà comment je vois ma relation avec Christine. Je ne militerai donc pas davantage pour l'homoparentalité – le militantisme restant pour moi une saine et subversive énigme dans la mesure où cette force vitale et nécessaire à la société porte en elle les germes de sa propre destruction. Comment dire… Si le ridicule ne tue pas, le militantisme échappe à cette règle.

Droit à l'enfant, droits de l'enfant, le débat social glisse sur moi tant il relève du domaine de la sphère privée. L'enfant s'inscrit dans le corps de l'homme et de la femme, dans l'intimité de leur désir, dans leur connivence, dans leurs distances intermittentes, à l'abri du tapage. Ma seule certitude est que nos liens sont assez solides pour nous faire graviter comme des planètes autour de cet astre solaire qu'est l'enfant, et qu'importe le nombre de planètes et de lunes tant qu'il ne s'agit pas de météorites lunatiques. L'amour a ses raisons gravitationnelles que la raison ne connaît pas.

Aussi je veux croire que nous sommes bien passés dans une ère nouvelle, un millénaire où l'on ne veut plus, on ne peut plus entendre ce discours que dénonçait naguère Geneviève Delaisi de Parseval : « Le père ? On s'intéresse à son sperme, on se fout de ses états d'âme ». Non, non et non ! Mono, homo, recomposée, hermaphrodite, hydrocéphale... la famille n'est pas morte, elle est en pleine transmutation nucléaire.

8

À vrai dire, je pensais que le verre posé sur la tablette de la salle de bains servait uniquement au tube de dentifrice et à la brosse à dents. Je souris comme un benêt quand Christine remplit le verre d'eau pour se rincer la bouche. Lors des éjaculations suivantes, je frottais donc un peu plus soigneusement le fond.

La routine s'est vite chargée de chasser notre pudeur excessive des premières fois. Le dialogue était revenu, vif, incisif, Christine n'hésitait plus à venir toquer à la porte quand elle trouvait ça trop long, ni moi à l'envoyer bouler. Terminé le poirier sur le lit, nous avons surélevé le sofa avec deux dictionnaires pour que Christine puisse être fécondée en pente douce dans le salon, sans en perdre une goutte.

Fumant désormais une cigarette avec moi, elle trouvait le temps moins pesant. Et quand elle voulut baisser les bras, *Le Monde* se piqua de la rappeler à l'ordre. Dans l'édition du jeudi consacrée aux livres, Philippe Sollers ouvrait la une avec le tome VI des œuvres complètes de Simone Weil. Christine me lut à voix haute cette citation de l'illustre philosophe : « Quantité de vieilles demoiselles qui n'ont jamais fait l'amour ont dépensé le désir qui était en elles sur des perroquets, des chiens, des neveux ou des parquets cirés. » Puis elle me renvoya nerveusement à mes masturbations.

9

Dix ans d'écart nous rapprochent. J'en ai trente et Christine a atteint cet âge où les femmes célibataires perdent prématurément leur chat dans un sifflement de bronches goudronnées par trop de cigarettes inhalées. Une mort fumeuse qui conduit certaines à faire le deuil définitif et durable de la maternité, et d'autres à tenter la dernière chance avec l'amant du moment. C'est vers la seconde voie que se tourna Christine avec Jean-Michel, un sexagénaire divorcé qu'elle fréquentait depuis un an, et dont la fille, un cerbère de seize printemps, prit une part active dans le sabotage amoureux en faisant vibrer le portable de son père aux moments les plus inopportuns.

Ce qui en Jean-Michel attira Christine restera toujours pour moi une énigme tant cet homme d'affaires, balladurien jusqu'au double menton, représentait un accident dans l'éducation sentimentale de cette bourgeoise bohème. Qui plus est, Jean-Michel était d'un égoïsme et d'une passivité au lit rares. Au point que Christine m'avoua ne s'être jamais sentie jolie dans ses bras. Et ça, c'est impardonnable.

D'une raideur courtoise dans un costume de bonne couture, Jean-Michel portait une mèche adolescente tombant à droite sur ses lunettes, des chemises griffées ouvertes sur un torse semi-moquette, et un fin bracelet d'argent, souvenir d'un voyage au Maghreb, qu'il repoussait sans cesse sous le poignet de sa chemise. Comme s'il avait honte.

Christine était amoureuse, je me retenais donc d'éreinter l'élu de son cœur. Plusieurs fois, elle lui avait fait part de son désir d'avoir un enfant. Jean-Michel ne disait ni oui ni non, il l'écoutait.

Un soir, le couteau de cuisine sous la gorge, il esquiva l'entaille en rétorquant qu'il devait en parler à sa fille, cette pauvre enfant papillotée comme une pomme vapeur qui s'obstinait à faire vibrer le creux du pantalon de son père toutes les heures en soirée pour savoir quand son papa chéri rentrerait, parce qu'elle s'ennuyait de lui et qu'elle avait peur de rester seule dans leur trop grand, trop solitaire appartement du XVIe.

En un an de fréquentation, Christine ne passa jamais une vraie nuit avec Jean-Michel dont elle assistait, comme une danseuse, au rhabillage en règle après l'amour, et devait se contenter d'un tricot de peau saturé de phéromones pour s'endormir. Triste.

Lasse d'attendre davantage l'assentiment de son amant, Christine profita d'un repas d'anniversaire en tête-à-tête pour annoncer à Jean-Michel qu'elle était enceinte. Les doigts manucurés de l'homme tambourinèrent un instant le verre de margaux.

Jean-Michel fut exemplaire, il lui suggéra de ne pas tenir compte de son avis et de n'écouter que ses propres attentes, notant qu'à trente-neuf ans c'était une chance pour elle à saisir, mais qu'en aucun cas il ne reconnaîtrait l'enfant, en aucune manière il n'aurait maille à partir avec lui. Enfin il se ferma comme une huître courtoise, le mépris maquillé en respect sur son visage terne. À l'heure du dessert, Christine découvrit enfin son cadeau d'anniversaire, marquant un temps d'arrêt avant de se pâmer :

– Une perceuse ! Merci mon chéri, tu ne pouvais pas trouver présent plus féminin.

Vexé, Jean-Michel justifia son choix en lui disant qu'il pensait que Christine lui avait suggéré cet achat puisqu'elle se plaignait toujours que les meubles de la cuisine, avec le temps, allaient de guingois.

– Tu es un ange de délicatesse, mon chéri. Et toujours d'une grande écoute…

Après l'amour, Jean-Michel se redressa, quittant les draps dans un crissement textile désagréable pour se rhabiller, laissant Christine dans le salon avec les assiettes sales, les cadavres de bouteilles et un gâteau d'anniversaire à peine entamé par l'amertume, qu'elle avait payé une fortune chez Stöhrer.

Elle alluma une cigarette, porta la mèche de la perceuse à sa tempe, puis décida de sa place dans l'appartement. Elle l'accrocha au-dessus de la cheminée, comme un fusil de chasse. Une idée de décoration qui allait ravir tous nos amis. « Quelle inventivité cette Christine, s'égosilla Hubert au cours d'une soirée informelle. J'adôôôre… »

De Jean-Michel, on n'entendit plus parler, il largua Christine avec un texto dans la semaine qui suivit sa grossesse extra-utérine. Un jour, pourtant, facétieux hasard de la vie, je le croisai au bar du Lutétia en charmante compagnie de gitons maghrébins. L'homme fit celui qui ne me voyait pas, tambourinant son verre de scotch avec ses doigts manucurés et repassant sans cesse le fin bracelet d'argent sous le poignet de sa chemise. Comme s'il avait honte.

10

Les femmes de ma vie ont toujours eu dix ans de plus que moi. Lorsqu'à vingt et un ans j'entrai dans le gynécée de l'édition, j'étais le poupon de ces trentenaires sans enfant. Avec mes bonnes joues et la goutte de lait au nez, elles me prirent sous leurs ailes le temps qu'une vague de grossesses redéfinisse ma place dans les bureaux paysagers. Vexé de ne plus être le centre de toute leur attention, je basculais professionnellement vers la presse culturelle, un milieu dont les mœurs étaient nettement plus libres, modernes et tortueuses, inépuisable vivier intellectuel de solitudes agitées et de corps de femmes d'une stérilité militante. Une bouffée d'oxygène.

C'est là que je rencontrais Anne L., une belle quadragénaire sur le retour revenue six ans plus tôt d'Extrême-Orient avec un garçon deux-pieds-deux-bras-dix-doigts qu'elle baptisa Rangoon. Je la séduisis avec mes tics et mon bégaiement. Elle m'invita l'été suivant à Brest, en famille adoptive : les vacances sont souvent une redoutable épreuve sociale pour les mères célibataires avec enfant, l'industrie du loisir tardant, à tort, à s'intéresser à cette niche économique en plein essor.

La paternité est un désir qui travaille à bas bruit, lentement. Ainsi l'enfant dans le corps de la femme, ainsi les lignes qui s'écrivent dans la main, à la mesure du temps, *moderato cantabile*... Jusqu'alors je n'avais fait que croiser Rangoon au cours de dîner d'adultes où il ne restait guère à table, préférant s'isoler devant la télévision en bruit de fond, avec sa Playstation. Ni sauvage ni foncièrement avenant, cet enfant ordinaire ne retenait mon attention qu'à de rares occasions, notamment lorsqu'il sautait au cou de sa mère en l'appelant tendrement « ma folle » ou « ma rouquine » ou quand il répondait au téléphone vers 19 h 30 que non, décidément, on ne pouvait pas parler à sa maman parce que « maman est au bar ». Délicieuse innocence des enfants éveillés.

À Brest, Rangoon me surprit le deuxième jour en logeant instinctivement sa petite main dans la mienne au cours d'une promenade le long de la rade. L'évidence de son geste, cette incroyable simplicité de sa main incrustée, là, en forme de caresse dans la mienne qui ne sait quelle pression donner et s'ankylose à force d'hésitation, me bouleversa. Une évidence, comme une naissance fortuite, accidentelle, presque de hasard. La naissance d'un père dans l'âme, dans la chair, dans la frustration.

Aussi, même si les vacances se terminèrent avec des coups de pieds du morveux dans mes tibias, même si je compris que je ne serais jamais plus qu'un copain adulte pour Rangoon, même si Anne ne m'épargna aucune blague vaseuse sur la pédophilie, je ne gardais de ce séjour que le meilleur, l'essence suprême : la stupeur et la gêne de mon propre corps lorsque l'enfant tendait les bras pour qu'on le porte, et qu'il m'écrasait les jambes le soir à table avec son sourire au bord des lèvres et du sommeil.

11

Vous dire comment l'idée de la conception de cet enfant est venue sur la table – sur le comptoir serait plus juste – ne milite pas en notre faveur. Certes. Tant pis… Nous assumons le fait que notre descente nocturne dans un bar de quartier ait pu virer à l'association de malfaiteurs. À notre décharge, il faut préciser que nous avions le moral dans les talons, je sortais popperisé jusqu'aux oreilles d'un plan baise foireux, et Christine avait eu des mots quelques heures plus tôt avec une voisine de l'immeuble, Mademoiselle Claude, cinquième gauche, porte C. «J'ai l'impression d'avoir vu mon propre fantôme», dit Christine en m'expliquant qu'elle s'était rendue chez la vieille dame pour lui demander de cesser d'attirer les pigeons sur la corniche en leur lançant des graines. Une dame charmante, toute menue, toute coquette avec ses bagues qui détournent l'attention des flétrissures et des cornes de la main, avec son trait noir au crayon trop forcé qui rattrape de justesse l'extinction du regard. Une dame charmante tirée à quatre épingles jusqu'au chignon, qui s'excusa pourtant de la recevoir dans une tenue négligée et lui proposa d'entrer tout en maintenant la porte entrebâillée, solidement barrée par une chaîne de sécurité. Lorsque Christine aborda le problème des pigeons, la vieille dame gémit de malice : « Mais voyons, Mademoiselle, vous vous trompez sur mes intentions... Mes graines sont empoisonnées », puis portant un doigt sur ses lèvres pour sceller une enfantine conspiration du silence, elle referma doucement la porte grinçante.

– Cette femme, dit Christine, c'est moi dans quelques années...

Accoudée au comptoir, Christine passe un doigt sur sa peau, elle s'envisage dans le jeu des miroirs qui démultiplie jusqu'à en vomir le désarroi des piliers de bar agglutinés autour de nous. Je commande d'autres bières :

– Arrête de dire des conneries.

Puis Christine commence les mélanges : la mort de Trinquette, un verre de vin, la rupture avec Jean-Michel, une poire, un p'tit blanc, une côte… Rouge sur blanc, tout fout le camp. Le comptoir tangue furieusement, il nous dézingue. À plus d'heure, je tente une proposition indécente. Christine rit d'abord, puis n'y trouva plus matière. « Ça va pas, non ! »

– Et pourquoi je ne serais pas un bon père ?

– Parce qu'il faudrait que j'arrête de boire !

– Diminuer les clopes ne serait pas un luxe non plus.

– Alors là, on n'est plus à un luxe près. La perspective de t'avoir comme père de mon enfant, comment dire, ça me… ça me… ça me pèle les seins. Non mais franchement hein, les yeux dans les yeux, tu me trouves désespérée ? Est-ce que c'est l'image que tu as de moi ?

Moi, lâchement : « Quelle idée, voyons ! ».

– Non mais, franchement, ça se voit vraiment ? Tu crois que les hommes le voient, voient ça quand ils me regardent ?

Christine reprend un ballon de rouge et se penche sur le serveur :

– Tu me trouves désespérée ?

Pas de réponse.

– Reste poli, Pierrot, attention ! Reste poli,

menace-t-elle le serveur qui s'éloigna à l'autre bout du comptoir. Non mais franchement, tu crois que je ne peux pas avoir un enfant avec un homme qui m'aime ?

– Mais je t'aime, Crétine... pardon, Christine.

– Un homme qui me baise, c'est trop demander à mon âge ? Non mais franchement... Tu crois que je donnerai un jour des graines empoisonnées aux pigeons ?

– Franchement... ? Tu me saoules.

Ce qui suivit échappe à toute retranscription typographique. Les paroles s'accidentèrent contre un ballon de rouge qui nous laissa chaos sur le trottoir, piétons hébétés, victimes d'une hémorragie verbale impossible à penser.

– Ça va pas, non ! ânonna Christine.

L'idée fit pourtant son chemin dans la nuit. Une nuit sans étoiles. Douce et venteuse. Une nuit à partir sans se retourner. Une nuit à laisser son ombre.

12

Si, tout de même, il y a eu autre chose, ma rencontre avec Valérie qui m'invita à passer une semaine de vacances à Belle-Île avec ses jumeaux. Ça a pris beaucoup d'importance pour moi. Nous avions posé nos valises dans une maison de location, rue du Calvaire, à Sauzon. Une jolie bicoque aux volets délavés. C'est là que nous avons commencé à dormir. D'autres vacanciers ont vécu ici. Tout autour de nous, les choses simples et ordinaires parlent doucement du bonheur estival : une boîte d'allumettes de sûreté à moitié vide, patinée par le sébum des doigts, des condiments entamés dans un placard, un Lego oublié sous un fauteuil ; dans un tiroir, des fusibles, un jeu de cartes incomplet, des boîtes de couleurs insolubles tant elles ont séché. Derrière les horaires des marées de l'année passée, des enfants ont joué au petit bac.

On a commencé à dormir là, dans cette maison de passage, dans l'éternel présent de ce qui dure et passe. Là même où Valérie devait par sa seule présence m'offrir le plus beau des présents : ma réconciliation avec l'icône de la mère.

Cheveux en épi, lunettes durassiennes et maigreur anorexique des garçons manqués, Valérie s'était séparée du père des jumeaux avant l'accouchement. Deux garçons dont elle assurait seule l'épanouissement depuis maintenant douze ans à la force de son propre épanouissement. Et là une évidence encore qui me frappe, cette possibilité que la maternité ne soit pas un don inné, qu'elle se construise avec l'enfant dans le doute et la folie, dans le tâtonnement de la raison du plus aimant.

Entre la jeune mère qui exposait au début des années 80 des éventrations en acrylique sur toile dans des galeries parisiennes et celle, toujours en devenir, qui explorait cet été avec moi la recette de la tarte salée et les grandes salades fraîcheur, une donnée semble perdurer qui me berce : l'évidence qu'elle a de la nécessité de ses enfants, cette incroyable simplicité du bonheur qu'elle éprouve à les laisser se battre et s'ébattre, à être aimée pour ce qu'elle ne leur fait pas payer. Pour elle-même.

Pièce rapportée dans cette famille installée le temps d'un été dans une maison de location, j'observais pour la première fois sans jalousie la mesure des gestes et la caresse des voix, la pudeur des yeux et la violence des bras. Comme ce jour où dans la descente vers la plage des Donnant, l'un des frères, Pierre, est tombé de vélo devant moi, en pleine vitesse, la face la première contre le goudron grossier des routes de campagne, sa cheville écrasée par la roue de mon vélo qui tentait d'éviter la nuque. Et moi qui étais paralysé, et l'enfant qui ne voyait plus, qui ne me voyait plus, qui ne faisait qu'appeler sa mère, et répéter *maman maman maman* avec la force des prières, l'énergie des paroles cabalistiques.

Valérie, très calme, porta l'enfant sur le bas-côté de la route. Mais ce n'était plus Valérie que je voyais à ce moment, c'était la *Pietà* de Michel-Ange… C'était la main droite de la mère qui s'oppose à la chute et rehausse l'épaule tombante. C'était deux lignes qui se coupent, la verticale de la mère, l'oblique de l'enfant. C'était la douleur qui, soudain, n'a pas plus de poids qu'une phrase de piano. C'était la majesté de Valérie, sa tête tournée vers l'enfant, un peu inclinée, souriante, oui, souriante de caresser ce visage qu'elle aimait, qui était sa gloire, sa grande certitude.

13

Ça ne se voit pas qu'elle boit, peut-être parce que quand j'ai connu Christine il y a dix ans, elle avait des traits fins, le visage taillé en triangle, joliment creusé, sculpté d'ombres. À trente-neuf ans, l'alcool ne bouffissait pas son visage, il l'arrondissait, comblait les rides, lui donnait un air poupin. De sorte que, pour l'instant, on ne lui donnait pas son âge. L'alcool ne touchait que les yeux, les paupières, les cernes, il travaillait la détresse ou l'évanouissement du regard à certaines heures, quand je débarquais tard chez elle et qu'elle parlait trop fort, qu'elle racontait ce tout et n'importe quoi qui avait les accents de la vérité, du manque, de la détresse. Souvent elle disait ça quand je voulais retirer la bouteille : « Fous-moi la paix, laisse-moi, ça me remplit, ça me fait du bien ».

« Ça me remplit » disait-elle en se caressant le ventre, puis en s'asseyant sur le sofa les mains croisées sur les rondeurs d'une attente que seul un enfant pouvait combler. Un enfant qui n'était pas là, qu'elle désespérait de connaître, elle qui n'avait jamais fait qu'accompagner les maternités de ses amies et collègues de bureau depuis dix ans.

Elle, Christine, l'accompagnatrice que j'avais rencontrée dans le gynécée de l'édition, dans les bureaux paysagers de cette maison d'édition qui concevait des livres pour les enfants, cette maison comme on dirait d'un vieux bordel où tous les mots et les rêves sont écrits, corrigés, appartiennent aux autres. Cette maison qu'une vague de grossesses m'avait fait fuir et qui s'était transformée en lame de fond pour Christine. Ma petite sirène se retrouvant comme une orque échouée sur la grève d'une terre stérile, l'île damnée des vieilles filles.

Christine l'accompagnatrice, la bonne copine qu'on laisse sur le chemin, l'attentive confidente des mères anxieuses, Christine la visiteuse de maternité, la cliente exigeante des magasins de vêtements pour nouveau-nés, experte de la layette, des grenouillères et des petits chaussons au crochet qu'elle mettait tant de soin, de plaisir à choisir, à toucher, à respirer et qu'elle devait rendre, toujours donner, céder parce que ça ne lui appartenait pas, parce que le bébé qu'elle prenait des bras de son amie à la maternité n'était qu'un prêt minuté, chronométré, parce qu'elle devait toujours rendre, ne jamais garder, toujours vivre l'arrachement de l'enfant de ses bras. Toujours abandonner.

Certains diront, ceux qui ne la connaissent pas, qu'elle a commencé à boire il y a cinq ans quand elle a perdu la même année, à quelques mois d'intervalle, son père et sa mère. C'est ne pas connaître Christine, c'est ne pas savoir qu'elle a eu ses règles à onze ans, qu'elle a si jeune, si tôt, eu ce corps de femme qui veut être mère, qui n'imagine pas autrement son avenir. «Onze ans, tu te rends compte, me répétait-elle, j'ai eu mes règles avant ma sœur pourtant âgée de deux ans de plus que moi, et c'est elle qui a fondé une famille...» Elle disait ça sans amertume, parce qu'elle aimait sa sœur Marie et qu'elle était folle de ses neveux ; Christine était une inénarrable tata gâteuse. On ne jalouse pas ceux que l'on aime, on ne peut, face à leur bonheur, que s'en prendre à soi-même, que se faire mal, se mordre soi comme elle le fait. On ne peut que s'abîmer face aux êtres que l'on ne peut jalouser.

14

Œdipe roi dans la salle de bains de Christine, je ne tardai pas à être rattrapé par la tragédie. Ayant décidé ce jour-là de rompre avec les postures d'usage, je déjouai la gravité en m'installant en chandelle tête au sol et pieds au mur pour me masturber. Un renversement du corps qui donne aux couilles une pesanteur toute démesurée sur le flanc de la main affairée, et fait affluer un trop-plein de sang dans le cerveau dont les pensées et la raison se noient dans un assourdissant battement de tempes.

Au bout de la deuxième inhalation de poppers, je portai à nouveau la fiole de nitrite de propyle à mes narines irritées et, transi d'incohérence, renversai accidentellement le liquide dans mes yeux. Perclus de douleur, les mains crispées sur mes orbites transpercées par le feu, je roulai en boule sur le sol jusqu'au lavabo pour me rincer au jet d'eau clair. Le poppers est une substance très corrosive qui attaque la cornée. Je restai donc une dizaine de minutes les yeux révulsés sous le robinet d'eau froide avant de courir me réfugier, l'œil vitrifié, dans les jupons de Christine, étoffes volantes de douceurs maternelles.

15

Depuis ma nuit des temps, j'avais développé une complicité tout exclusive et renouvelée avec les femmes de ma vie, établissant avec certaines des cordons de relais qui palliaient l'éloignement géographique de ma mère, et tissant avec d'autres des liens d'une gémellité évidente puisque enfin la leçon était entrée dès mon plus jeune âge à coups de sermons : la femme était l'égale de l'homme, le même.

Je ne pense pas être efféminé et j'ai trempé le biscuit consciencieusement à l'âge où tous les garçons s'essaient à leur devoir, mais non, décidément, l'esprit des femmes, leur humour et leur papotage m'intéressaient davantage que leur corps. Il faut dire que chez moi, on admirait Simone Veil et la femme tronc des *Sept sur sept* dominicaux, Anne Sinclair, et ça... ça calme. « Des femmes intelligentes, qui ont du chien », disait ma mère.

« Ça c'est des femmes ! », enfonçait comme un clou cette Chienne de garde avant l'heure qui me rivait à la croix de la Passion. Aussi très progressivement, sans m'en rendre compte, je commençais à m'intéresser à ce qui pour moi relevait du domaine de l'autre, de l'altérité, à savoir l'univers de la parole économe et des rapports de forces, des rots et des sueurs, tout un univers absent de ma construction psychique. Le mâle, le vrai, le plus caricatural.

L'altérité guidant toujours les désirs, je n'échappais pas à la logique des contraires. Qu'on ne vienne donc pas m'expliquer que l'homosexualité se résume à l'amour du même, alors que depuis l'adolescence je cherchais justement à libérer ce qui avait été appauvri et décalcifié en moi par des années de biberon au lait déshydraté du féminisme : ma part de virilité.

Élevé dans les années soixante-dix dans la laïcité et le respect du deuxième sexe, j'appris immédiatement au contact de ma mère à ne jamais considérer la femme comme un objet sexuel mais plus comme un organe sexuel. Fibrome, cystite et autres joyeusetés maternelles, rien ne m'aura été épargné dans l'approche gynécologique du corps de la femme, jusqu'au périnée en coupe dans l'encyclopédie médicale qui servait de bible de chevet à ma mère. Jamais au grand jamais, le mythe du vagin denté n'effleura donc mon esprit, je ne développais ni dégoût ni crainte du corps de la femme. Face au vagin édenté, je tournais simplement la tête pour travailler seul, dans l'inconscient de ma petite chambre d'adolescent, au mythe de l'anus constricteur et de la verge aspic. Un territoire nettement plus mystérieux et inquiétant, ouvert aux fantasmes les plus déstructurants.

16

Mon problème avec les hommes, c'est que je n'ai jamais pu envisager de tisser des liens affectifs avec eux – mis à part Antoine, mais c'est une autre histoire. Sans mauvais jeu de mots, je tombais donc à chaque fois dans un cul-de-sac. Le plaisir était immédiat et fulgurant, mais stérile à long terme. Leur compagnie m'ennuyait. J'étais tiraillé entre l'esprit qui vient aux femmes et le sexe de l'homme toujours trop dur d'oreille pour me satisfaire pleinement. À aujourd'hui trente ans, je n'ai fait que soulever le problème sans le solutionner. Je vis avec, simplement, sans pouvoir me départir de la complicité des femmes ni de la crudité de mes rapports avec les hommes. Face au mâle, je cours de génuflexion en génuflexion, dans un rapport d'objet à objet. Cette violence-là m'excite au-delà de toute raison, le sabotage intime de toute une éducation fondée sur le respect de l'autre et de soi me fait bander comme une bête. C'est difficile à expliquer, cette collision des corps, deux forces opposées qui s'affrontent et s'annulent dans un rituel combat de coqs, jusqu'à la mort, jusqu'à cette petite mort, cette paix quasi mystique qui m'envahit pour quelques secondes d'éternité. Quelques secondes toujours plus longues à venir, qui m'obligent avec le temps, avec l'âge à aller toujours plus loin dans l'épure de ma violence. Et c'est bien là que le bât blesse aujourd'hui, j'en ai conscience, je ne suis plus tranquille avec moi-même, je ne l'ai pas dit à Christine mais mon désir d'enfant est devenu à ce jour une question de survie, un instinct de vie. Voilà aussi, et surtout, pourquoi je ne souhaite pas débattre avec vous de l'homoparentalité, monter sur le ring, tant je représente un maillon isolé dans l'ADN déjà très complexe des homosexualités. Tant je suis un candidat zéro pointé à l'accréditation de la DASS.

Que je sois ou non un bon père, un père « convenable », ce n'est pas à la société d'en décider. Pas à vous. Alors, de grâce, n'essayez pas de juger ce qui ne relève pas de votre juridiction. Laissez-nous découvrir, pas à pas, en trébuchant, à cloche-pied, à quatre pattes, en babillant, ce qui fait un père, ce qui fait une mère et ce qui fait un enfant. Je refuse d'être figé à une place d'où il est impossible de se remettre en question ni de se situer ni même de s'éloigner. Laissez-moi décider de l'ordre et du désordre, loin de tout discours moralisateur, normalisateur. Laissez-nous être des parents non modèles, des esprits déjantés, un peu, habités d'une saine et douce « subversion »...

Petit Lexique philosophique de l'anarchisme : de Proudhon à Deleuze, D. Colon :

« Contrairement aux fantasmes de l'autorité mais aussi aux nombreux mythes qui assurent leur pérennité, comme d'ailleurs à l'étymologie, la subversion n'est pas l'envers de l'ordre, sa face cachée et démoniaque ou encore son simple renversement. Si la subversion est si souvent invisible au regard du pouvoir et si elle lui apparaît aussi menaçante, c'est d'abord parce qu'elle opère dans un tout autre monde et à une tout autre échelle que lui, aux marges de ses codes et de ses lois comme à l'intérieur de la totalité des plus petits rapports constitutifs de son ordre, jusqu'au cœur même du corps et de l'âme des dirigeants et des instances de pouvoir qu'elle menace sans cesse de dynamiter et de recomposer en un autre possible. »

Le débat est clos. L'univers des possibles ouvert.

17

À la force du poignet, je maintiens un fond d'espoir dans le verre à dents, un fond de sauce qui refuse obstinément de prendre, et tourne au bouillon avec les humeurs de Christine. La salle de bains pâtit de mes assauts assidus. Un matin, la vasque du lavabo en faïence se descella du mur d'un coup sec et démissionnaire, lassée sans doute de supporter mon manque d'imagination et de sensualité puisque avec le temps je la chevauchais toujours dans la même position, comme un vrai bourrin. La tuyauterie en cuivre retint sa chute sur mes rotules, mais je pris un méchant coup dans les parties. Un coup de théâtre dans ma relation avec Christine, puisque nous décidâmes de jeter l'éponge ce jour-là.

Obsédé par le lavabo, je passai l'après-midi au rayon plomberie du BHV, cherchant à trouver une solution pour recoller les morceaux, méditant un long moment, entre les pommeaux de douches et les casiers de joints de caoutchouc, sur l'échec de mon union avec Christine. Un vendeur très aimable et psychologue me conseilla un pistolet de colle à prise rapide, s'attardant face à mon désarroi à faire un schéma au stylo sur un bordereau de commande pour me signaler les points d'équilibre sur lesquels je devais insister, la précision prévalant, ajouta-t-il, sur la quantité de colle utilisée. Vers 19 heures, je m'en retournai l'esprit léger chez Christine, et lui expliquai, tout en redressant et vérifiant le bon état de sa tuyauterie, que le manque d'estime de soi était notre vrai problème. Quelle chance, quelle place donnions-nous à cet enfant, alors que nous n'étions même pas en mesure de prendre soin de nous, de nous aimer nous-mêmes ? Lui donnions-nous envie de venir ? Je ne voulais remettre en cause ni les cigarettes, ni l'alcool ou les plans sexe, non c'était juste leur approche qui avait changé avec l'âge, une certaine délicatesse dans l'art de la perversion nous avait quittés. Aujourd'hui, c'était devenu une besogne. On maniait tout avec ennui, sans grâce.

«On est laids», je répète plusieurs fois à Christine, je parle de l'alcool indifférent, celui qui n'est plus ni joyeux ni mauvais, des clopes indifférentes, celles qu'on allume sans saveur, mécaniquement, des orgasmes indifférents pour moi qui vont parfois trop loin dans la meurtrissure physique et morale, toujours plus loin dans la surdité de ma propre douleur.

J'ai parlé longtemps ce soir-là. Besoin de dire à Christine. Dire la lassitude. Dire simplement.

Exemplaire, Christine n'écouta que son courage :

– Mais enfin, je vois un psy depuis onze ans. Qu'est-ce que je peux faire de plus?

C'était vrai, Christine s'allongeait sur le divan tous les lundis, rue du Cherche-Midi à 14 heures. Ça ressemble à une blague, mais il n'en est rien, je le jure, et c'était bien là le drame de Christine, sa vie est une blague. Ni bonne ni mauvaise.

18

J'avais tiré la sonnette d'alarme, sans plus d'effort. Dans la semaine, Christine prit l'heureuse initiative de chercher des adresses de thalassothérapies. L'heure était venue de s'occuper de notre bien-être. À force de discuter avec une collègue de bureau versée dans le hatha yoga, Christine revint un soir avec la brochure d'une cure ayurvédique – médecine traditionnelle de l'Inde créditée de 5 000 lustres – qui retint plus particulièrement notre attention puisqu'elle proposait tout autre chose qu'une remise en forme classique : l'harmonie du corps et de l'esprit. Exactement ce qu'il nous fallait. Les sirènes du tourisme de la santé et de l'occidentalité en mal de sagesse nous invitaient à payer une semaine d'exotisme à la découverte de l'Inde normande, à quelques bornes de Fécamp.

Concurrente habile et imparable des meilleures offres de séjours à l'étranger, cette cure proposait la lune : un voyage certes, mais un voyage à l'intérieur de soi... Comment les tours-opérateurs pouvaient-ils rivaliser avec ça ?

Réservation et numéro de carte bleue faxés, coordonnées de la possible « secte » laissées à quelques proches pour le cas où l'on nous retrouverait calcinés en forme de soleil au milieu d'un champ, suicidés d'une balle dans le dos, nous partions donc, Christine et moi, pour l'étranger non par le premier vol Air India mais en deuxième classe fumeur plein tarif SNCF via Bombay-Fécamp avec, à l'arrivée, une demi-heure de taxi-brousse pour rejoindre un trou normand paumé dans le pays de Caux où notre ashram avait posé ses fondations.

Nous n'allions pas être déçus du voyage, même si l'arrivée vers 21 heures nous réservait un premier choc : la cuisine était végétalienne (détail stipulé dans la brochure ayant curieusement échappé à notre attention) ; enfin la clientèle était composée à 98 % de femmes ménopausées au plancher pelvien défoncé par les grossesses qui venaient ici soigner leurs problèmes de constipation.

Dès le souper, vers 21 h 30, je me retrouvais donc face à Micheline, pipelette sans âge qui, tandis que je mangeais du bout des lèvres ma soupe de lentilles, me fit un état des lieux romanesque de son transit difficile, louant la cure de pépins de raisins et bien sûr l'Ayurveda pour atteindre les cimes de l'épanouissement. Je passais la soirée à opiner du chef, puis progressivement à dodeliner.

Plus vive d'esprit que moi, Christine participa activement au monologue de Micheline avant de s'inquiéter :

– À combien de kilomètres est le premier village ?

– Trois kilomètres, sourit béatement Micheline, vous n'avez pas de voiture ?

– Non. Et la plage ?

– Une dizaine… hips ! Micheline se lève ; elle lévite. Ouf, je suis ballonnée, j'ai trop mangé… Bonne nuit à vous.

– À demain, soupira Christine.

Vers 22 h 30, Thérésa, la monitrice de cette colonie de curistes, nous attribua nos quartiers. J'héritai de la chambre baptisée « Harmonie », Christine de « Tempérance ».

– Vous fumez ? murmura la mono.

– Oui, mais nous sommes venus pour arrêter,

fayotai-je histoire de faire oublier l'odeur de tabac qui empestait le moindre de nos déplacements.

Thérésa parlait doucement, avec cette lenteur des gens assez détachés d'eux-mêmes pour ne pas avoir besoin de harponner leur interlocuteur.

– Ici, le centre et le jardin sont non-fumeurs. Mais vous êtes libres d'aller sur la route…

– Bien sûr, merci.

Puis la mono nous donna le programme de la cure : horaires des repas, des soins, et fiche de suivi personnalisé à remplir tous les matins pour informer les thérapeutes de la coloration de nos selles, urines et humeurs du jour.

– Bonne nuit.

– Merci, vous aussi…

– Merci.

– Merci.

Pris dans l'euphorie des paroles bienveillantes, je remerciai sans raison Christine, et m'excusai auprès de la porte de ma chambre que je venais de heurter en l'ouvrant. Toutes ces émotions m'avaient donné une épouvantable migraine. Je pris un Doliprane et du Lexomil pour m'aider à trouver le sommeil.

19

Réveil à 7 heures, je toque à la porte de la « Tempérance ». Christine était déjà prête. Nous traversâmes le jardin pour nous rendre à la cantine où une assiette de graines germées nous attendait.

On salue son petit monde.

– Ça va ?

– Ça va, et vous, bien dormi ?

– Ça va, et vous ?

– Ça va.

Puis on s'assied à nos mangeoires.

Jamais petit déjeuner fut plus cruelle épreuve. Pois chiches et lentilles roses crus, graines de soja vert à peine germées arrosées d'un filet d'huile d'olive composaient un plat de résistance à toute salivation, qui passait sans mastication, avec une déglutition de volaille, directement au creux du gésier. Christine n'avait plus envie de rire, je ne suis pas une poule, maugréa-t-elle en m'attribuant l'entière responsabilité de ce voyage cauchemardesque.

Fraîche comme la rosée, la pipelette Micheline vint encore une fois s'asseoir à nos côtés.

– C'est *hard*, je lui souris.

– On s'y fait très vite, dit-elle. Et puis c'est très bon pour la purification, ça aide à expulser les gaz, et même de très anciens gaz coincés dans les poches des intestins. Vous n'en soupçonnez même pas l'existence…

– Ah bon ? Ben ça promet…

Promesse tenue, le soir même, ce fut un concert de vents à tous les étages, les cloisons en Placoplâtre des chambres ne retenant aucun secret de notre intimité. Mais comme nous étions collectivement logés à la même enseigne, toute pudeur mal placée nous abandonna très vite dans l'enceinte de l'ashram. Au pays des gaz intestinaux vitaux, on ne s'excuse plus, on pète, un point c'est tout. Sans perdre le fil de la conversation.

20

Passé le jet-lag du petit déjeuner, Christine et moi découvrions enfin le sens véritable de notre voyage en Inde normande. Routards des énergies vitales *pitta, vata, kappha,* nous nous lancions dans un safari de chasse aux toxines et aux grands fauves de notre inconscient. Au sein de l'espace cure, habillés de saris, d'étoffes et de mobilier du Gujarât, nous étions tels un maharajah ou une maharani de l'Inde recevant des massages, des onctions, des sudations, autant de soins qui favorisaient une élimination et une relaxation profonde.

Balancement régulier d'un filet d'huile tiède sur le front, massages au riz au lait, à la farine de pois chiche… Pas une once de notre être qui ne fût manipulée par une armée de petites mains dévotes, dévouées corps et âme à l'éclosion de nos chakras… À tel point que le troisième jour, une euphorie générale nous submergea. Rarement nous ne nous étions sentis aussi bien, paisibles, limitant même notre consommation de cigarettes à deux le matin, deux le midi et trois le soir. Des cigarettes que l'on savourait enfin comme une gourmandise, une petite douceur épicurienne. Le plus dur, pour nous, restait le manque de viande et de vin. Aussi, entre deux massages, dans ce temps suspendu où l'on nous conseillait de lâcher prise, de nous retrouver avec nous-mêmes, une entrecôte-frites et son quart de côtes venaient-ils parfois perturber ma méditation.

21

La cure occupant nos matinées entières, nous avions quartier libre jusqu'au soir pour découvrir l'Inde normande, son cheptel de vaches sacrées bonnes laitières et les hauteurs himalayennes de ses falaises en bord de mer. Le premier village était à trois kilomètres à pied de l'ashram, un site culturel dont l'église, la poste, l'épicerie et la coopérative agricole constituaient les grandes curiosités. Hélas, pas un seul bar PMU pour s'envoyer un canon de rouge. Misère des campagnes désertées.

Passé le temps de la réflexion et de l'innocence, nous ne résistâmes pas à trois rocamadours, trois petits fromages bien secs comme une hostie, dans le reliquaire réfrigéré de l'épicerie générale. L'envie nous traversa aussi d'acheter une bouteille de vin, mais le tire-bouchon manquait à la vente. Quant à La Villageoise avec son ouverture facile, son litron de plastique n'éveillait franchement pas nos papilles. Résignés et anxieux de croiser d'autres curistes dans le village, nous nous réfugiâmes en catimini à l'église pour déguster fébrilement les rocamadours. Mise en bouche eucharistique célébrée dans le plus grand recueillement.

La poste ne présentant aucun intérêt, on termina l'excursion du site touristique par la visite de la coopérative agricole. Entre les rayonnages d'engrais, de semences et de granulés alimentaires, mon regard se posa émerveillé sur un jeu de seringues en plastique dont l'usage n'était pas spécifié sur le sachet, mais que je reconnus immédiatement. Les mêmes seringues blanches traînaient dans la ferme de mes grands-parents ; enfants, mon cousin et moi nous amusions à nous arroser avec et à viser le cul des poules qui sursautaient comme des pétards dans la poussière. Si mes souvenirs sont bons, ces seringues servaient à la vaccination des veaux, une aiguille pouvant s'emboîter à l'embout. L'émotion me gagne. Les années 70, les vacances à la ferme… je revois l'étable, respire son haleine chaude, enveloppante, effluves entêtants jusqu'à l'ivresse de purin frais, de paille coupée, de fourrage... Souvenir des nuits de vêlage, des nuits à dormir dans l'étable, à veiller sur les premières mises bas parce que le veau ne se présentait pas toujours bien, qu'il fallait l'aider à sortir... Souvenir des pattes avant qui naissent à peine, frêles et noueuses comme des branches de noisetier, et que mon grand-père attachait d'une cordelette pour, à la force du poignet, délivrer le veau... Souvenir des brames de douleur de la mère, du veau qui vient d'un coup et tombe au sol dans un insignifiant fracas gélatineux, de nos mains qui frictionnent énergiquement le corps fumant avec la paille pour le stimuler, activer le sang, la respiration... Souvenir aussi des vêlages difficiles, du mauvais sang de ma grand-mère, ses doigts de corne qui torturent l'étoffe de ses jupes, et la vache qui beugle, les yeux exorbités, et le vétérinaire en cuissardes vertes, des gants de latex jusqu'aux aisselles qui, les deux pieds solidement campés dans la bouse, enfonce le bras dans le trou de la vache, remue les entrailles de la bête à la recherche de la tête du veau, essaie de retourner le corps dans le ventre, l'orienter vers le monde. Souvenir de mes yeux d'enfant écarquillés, de l'enfant qui assiste sans ciller aux plus spectaculaires des *fist-fucking*.

Christine lut dans mes pensées. Nous passâmes à la caisse de la coopérative agricole.

– Prépare-toi, ma belle, ça va être ta fête !

22

Sur le chemin de retour, je n'y tins plus... l'ascèse avait sur moi des effets secondaires incontrôlables. Il fallait que je me branle, tout de suite. Christine et moi enjambâmes la clôture d'une prairie pour atteindre en contrebas un immense champ de maïs.

Je suis excité.
Je marche vite, mon souffle s'accélère.

Intriguées, les vaches nous regardaient passer avec des coquetteries dans l'œil.

– Ça va être rapide, je bégaie.

Et tandis que Christine s'assied, je m'enfonce dans les plants de maïs, pas à pas, libérant de ses vêtements ma bestialité d'homme en rut. Couilles ballantes et queue en épi, je m'allonge au milieu du champ, écrasant de tout mon poids les tiges qui se lient et se creusent pour former un nid de sève et d'humidité, de salive et d'humus.

Je me frotte à la terre, m'irrite, m'écorche à elle, recouvrant mon corps de ces menstrues végétales, minérales, animales... Taurillon crétin lancé dans une saillie fictive, et qui décharge sur un leurre, je laboure le maïs, puis me tourne sur le dos dans un halètement de Minotaure.

Je gicle sur mon ventre.

Écrasé au sol par la fatigue conquérante, je restai un moment immobile au milieu des plants de maïs, puis reprenant mes esprits, j'aspirai le serpent de semence sur ma peau avec la seringue. Péniblement, à tâtons, je m'en retournai enfin vers l'orée du champ, Thésée dépenaillé et victorieux sortant du labyrinthe de ses instincts triviaux.

Dans son pré d'herbes carré, Christine ruminait de patience, une pâquerette aux lèvres. Elle s'isola à son tour dans le maïs, puis nous restâmes quelques heures allongés au milieu des vaches, à regarder le ciel pris dans les volutes de fumées de nos cigarettes. Paisibles, si paisibles.

On s'endormit là, le temps que le soir tombe et qu'un léger fraîchissement de l'air nous invite à rejoindre le cheptel des curistes ménopausées, ces « femmes-transit » comme je les avais baptisées tant il me semblait qu'elles avaient trouvé dans le cycle intestinal des nouvelles menstrues. Sorte de règles périodiques associées par Dieu sait quelle bizarrerie à l'épreuve d'une gestation réclamant une attention de tous les instants et se terminant – souvenir-fossile béni pour ces déesses-mères déchues – dans un halètement de petit chien et des souffrances de délivrances sur la lunette des toilettes.

23

Vers 20 heures, une effervescence inhabituelle régnait à la cantine. Le bruit circula de table en table que c'était le grand soir... l'apothéose.

Toutes, elles picorèrent à peine dans leurs mangeoires tant elles étaient surexcitées. On annonçait la purge à l'huile de ricin pour 22 heures. À nos côtés, Jackie, solide charpente en débardeur et bandana noué à la Rambo autour du front, s'y préparait comme à une véritable épreuve sportive. Entre deux bouffées délirantes d'un rire orgasmique, elle évacua son stress en déballant son portefeuille sur la table à manger pour nous montrer des photos de son petit-fils. Teintée de maladresse, son émotion désarma mes a priori. Elle qui depuis le début de la cure nous la jouait sexagénaire énergique, sportive et sans états d'âme, livrait brusquement, avec gaucherie, un peu de son passé, de son histoire ombrageuse. Mariée trop jeune, trop vite, Jackie avait accouché six mois après sa nuit de noces d'un fils qui avait poussé selon ses propres dires comme le « chiendent ». Du père, elle dit laconiquement que c'était une erreur de jeunesse, qu'ils avaient divorcé très vite. Et je compris, sans qu'elle eût besoin de dire quoi que ce soit, qu'elle s'était retrouvée seule avec la charge de cet enfant, souvent dépassée. Ces propos transpiraient la haine des hommes.

– C'est mon fils, là, regardez, répétait-elle fièrement en tapotant le papier glacé, l'index pointé sur le seul homme de la photo – comme si nous n'avions pas compris que ce gars-là, le sourire jusqu'aux oreilles, auprès de son enfant et de sa femme, était bien son fils –, ne décollant plus son doigt, comme pour s'en convaincre elle-même. La fierté de Jackie était palpable, rugueuse, elle me renvoya aussi en pleine face ce que je faisais souffrir à mes parents, ce de quoi je les privais : la satisfaction d'un accomplissement, d'une vie qui rebondit.

Même si leur amour avait éprouvé les barrières électrifiées des préjugés, je savais que mes parents avaient avalé mon homosexualité comme une pilule abortive, je sentais au fond de moi, au fond de leurs yeux, ma responsabilité dans la mort d'une lignée, le regret – tu par pudeur et respect – d'un douloureux inachèvement. Tout en faisant mine de m'extasier devant la bouille renfrognée du marmot sur la photo, je remarquai que Christine pianotait sur la table, lancée dans de savants calculs de bonnes femmes dont la science, décidément, m'échappait.

– Pas de purge pour nous ce soir, me glissa-t-elle à l'oreille. Je suis en période d'ovulation…

24

Tandis qu'à 22 heures moins cinq minutes l'assemblée se mettait sagement en rang devant une table transformée pour l'occasion en autel afin de recevoir quatre cuillères d'huile de ricin, Christine et moi quittâmes discrètement l'office religieux pour rejoindre nos appartements, où une autre épreuve de taille m'attendait. Je me retrouvais seul avec les seringues de la coopérative agricole, seul face à mon manque d'imagination, entre les quatre murs d'un espace spartiate meublé d'un lit, d'une armoire Ikéa et d'une chaise. En d'autres termes, la chambre « Harmonie » n'était pas bandante. Et si je lorgnais un temps sur le fil électrique de la lampe de chevet, je ne me voyais franchement pas m'attacher seul aux barreaux du lit, éventuellement pouvais-je improviser un *cockering* en ficelant mes couilles... Non, c'était trop ridicule. Je restai un long moment nu comme un ver sur le lit à chercher ce qui pourrait bien m'exciter. Pour ma première érection, je puisai péniblement dans mon maigre univers fantasmagorique, tentant de faire remonter le souvenir de bites et de bordels, de sous-sols glauques et squares de nuit. J'y arrivais presque lorsqu'une image décalée fit tout retomber... J'eus une pensée anxieuse et envieuse pour tous ces couples qui devaient faire appel à la procréation par assistance médicale, de l'empathie pour ces hommes auxquels une infirmière tend une éprouvette avant de s'enfermer dans une cabine. Au moins ces derniers disposent-ils de quelques revues érotiques posées sur une tablette pour se stimuler. C'est drôle d'ailleurs d'y penser, de penser qu'une blonde à forte poitrine, la playmate du mois de janvier, ait pu jouer un rôle dans la conception d'un enfant né en septembre. Non seulement ces hommes ne couchent pas avec leur femme mais ils ne pensent même pas à elle quand ils éjaculent enfin dans le réservoir en verre. Ils n'ont d'yeux gourmands que pour la croupe lascive de la playmate, les positions osées que peut-être jamais leur femme ne prendra.

On toque à la porte.

– Que… Quoi ? Qu'est-ce que c'est ? Un instant, je balbutie en me couvrant d'un drap.

– Tu en as pour longtemps, murmure Christine. J'ai sommeil.

J'aboie comme un yorkshire trachéotomisé en entrouvrant la porte :

– Ça vient, ça vient, fous-moi la paix. Si tu crois que c'est facile… j'aimerais t'y voir.

Christine mit son pied dans l'entrebâillement de la porte pour forcer le passage :

– Attends…

Elle hésitait, cherchait ses mots. Christine tourna quelques secondes de silence autour de son tourment :

– Est-ce que tu crois que je serai une bonne mère ? se lança-t-elle.

Le moment me semblait mal choisi, mais il était grave. Avec du recul, je crois que les quelques paroles échangées ce soir-là sur le palier de l'ashram eurent des répercussions irrationnelles sur notre avenir. Mon drap de lit noué en toge, d'allure très socratique, je fis semblant de prendre le temps de réfléchir – pas trop longtemps pour éviter que le doute ne s'installe, assez pour ne pas donner l'impression de répondre à la légère.

– Le simple fait que tu te poses cette question m'apporte la certitude que tu seras une bonne mère.

– Et s'il nous déteste, s'il nous en veut, s'il a des problèmes psychologiques…

– Et si, et si, et si… Eh bien nous ferons appel aux meilleurs psychologues et orthophonistes, fis-je un rien pince-sans-rire. Non, sérieusement l'important est que cet enfant sache qu'on l'aime, et il le saura. L'important est qu'il sache combien on l'a désiré. On ne lui cachera rien de nos efforts, on évitera juste les détails sordides. On improvisera… Ce sera peut-être plus simple que nous l'imaginons. Alors arrêtons de penser déjà pour lui, laissons-le venir et découvrir. Laissons-le exister.

– Tu as sans doute raison, sourit-elle timidement.

– Et puis voyons le bon côté des choses. On lui épargne quand même quelques sacrées névroses.

– Pardon ?

– Que fais-tu du trauma de la « scène primitive » ! Pour avoir entendu mes parents faire l'amour quand j'étais enfant, je peux t'assurer que je ne souhaite à aucun gosse de vivre pareille terreur nocturne !

Christine leva les yeux au ciel, accablée par ma bêtise, et referma la porte.

Déconcentré par cet intermède, je reprends lentement mes esprits. Je ferme les yeux, malaxe mon sexe. Rien. Je ne bande pas, même pas mou. À court d'idées, je cherche un paquet de cigarettes dans mon sac, mes doigts se hasardent sur mon téléphone portable... Les muses nymphomanes sont avec moi, elles me soufflent une idée salace. Comment n'y ai-je pas pensé plus tôt ?

De mémoire, je pianote un numéro que je pratique épisodiquement – comprenez, en désespoir de cause – à Paris. Connexion établie, musique techno et une voix de couilles enthousiaste qui débite au hachoir : « Salut, et bienvenue sur le 08 36 68... le réseau des mecs les plus chauds. Appuie sur la touche étoile... » J'obtempère, laisse un pseudo sur une bande son et écoute les messages suggestifs des autres connectés. La cohorte des voix en ligne, en mal de sexe, anonymes, ouvertes à tous les visages et les corps possibles stimulent les dernières glandes encore réactives de mon cortex. Au message 20 « couilles pleines 35 ans cherche un plan baise au tél. », j'appuie sur la touche 3 pour passer en duo. À l'autre bout du fil une voix souffle, halète :

– Fais-moi écouter ta queue, mec...

Dubitatif, je le fais répéter.

– Frappe-la contre le téléphone, que je la sente...

Pas vraiment dans le trip, je tapote avec mon poing sur le combiné comme on frappe à une porte. Puis Couilles pleines 35 ans fait de même...

– Tu la sens ma grosse queue, hein, tu la sens petite pute... Tu la sens... Ahhhh...

Il ne me laissa pas le temps d'improviser une réplique. Dans un râle ridiculement démesuré, il me raccrocha au nez. C'était bien ma veine, il fallait en plus que je tombe sur un éjaculateur précoce.

Finalement, je décidai d'écouter en boucle la liste des messages plus ou moins crus, jusqu'à ce qu'enfin au bout d'une heure de réseau, je lâche quelques gouttes sur mon ventre. À 0,58 euro la minute, ça fait cher la dose de sperme ! Mais j'y étais arrivé. La seringue aspira mon méfait et tandis que je me rhabillais, je remarquai, en écoutant les bruits de couloirs, que la procession vers les toilettes de l'ashram avait commencé. Elle allait battre son plein toute la nuit, dans un concert de portes qui grincent, de petits pas pressés, d'impatience, d'exaspération et de contorsions diverses face à des toilettes désespérément occupées. En me rendant dans la chambre de Christine, je croisai Micheline sur le palier, qui m'adressa un sourire émouvant. Elle faisait la grue devant l'une des portes des toilettes, marchant sur place comme sur des charbons ardents.

Dans la chambre de la Tempérance, Christine dormait toutes lumières allumées. Battu en retraite par ses ronflements hostiles, je quittai les lieux sur la pointe des pieds. Le maigre tribut de mes efforts partit par la fenêtre de ma chambre, une giclée de sperme atterrit quelques mètres en contrebas du toit mansardé, dans la gouttière en zinc. Puis un Lexomil et au lit.

25

Le dernier jour, complètement dilatés des chakras, on échangea nos coordonnées comme des politesses. Et chacun reprit sa route, sans se retourner.

Dans la voiture-restaurant du TGV, Christine et moi devions rompre nos vœux d'ascèse en moins de temps qu'il n'en faut pour dire amen à deux toastines au chèvre et plusieurs 25 cl de côtes-de-provence. Sans doute étions-nous un peu ivres, mais d'une ivresse légère, affectueuse et gaie. On arriva à la gare Saint-Lazare vers 16 heures tout éblouis et assourdis de retrouver l'Occident, son agitation, sa gastronomie et sa légendaire cyclothymie.

Mon studio m'apparut plus grand, plus chaleureux, j'entrepris pendant quelques heures d'y mettre de l'ordre puis, bien décidé à rentabiliser ce trop-plein de bonne volonté et d'humeurs positives que j'avais rapportées de Normandie, je me rendis en soirée dans les bars du Marais avec le noble objectif de «sociabiliser». Un terme que j'affectionnais particulièrement pour distinguer la baise sans état d'âme de mes tentatives de rencontre, d'échange de mots de drague, pourquoi pas d'amorce d'un discours amoureux. J'atterris au Cox, à la croisée des chemins qui mènent au ghetto gay parisien.

Seul avec ma bière au milieu de tous ces hommes avenants comme des portes claquées au nez tant, en société, ils jouaient le chaud et le froid des gravures de mode, au froncement de sourcils près, je quittai rapidement les podiums pour les backstages, à savoir le bordel du coin, une de ces enclaves comme un coup de canif à la société, où les mêmes hommes prétendument intouchables affluaient après l'happy hours du Cox et tombaient au vestiaire la vertu, le tee-shirt et le botox pour devenir la plus accessible et offerte des marchandises. Pas bavards les hommes certes, mais ouverts au dialogue des sens, éperdument.

Le bordel, j'aurais voulu ne jamais connaître ça. C'était devenu pour moi comme une drogue, dure. Qui m'avait piégé. On devrait davantage se méfier des bordels. On s'y accoutume trop vite. On y revient, toujours convaincu que c'est la dernière fois. Et on y revient. On en reprend sans réaliser les dégâts qui s'opèrent, s'installent insidieusement dans les esprits les plus fragiles, les plus sensibles. D'autant plus dommageable pour moi que, dans le contexte mortifère et paranoïaque du début des années 90-années sida où je m'éveillais à la sexualité et découvrais ces lieux – pour ne pas mourir idiot pensais-je –, la suspicion régnait. À cette époque, l'autre était un tueur potentiel dont le bordel proposait une approche résolument fonctionnelle, solipsiste et hygiéniste. D'homosexuel en quête d'altérité sur le papier de mes rêves d'ado, je devenais dans la pratique membre d'un groupe à risque qui m'éloignait un peu plus des hommes en les transformant en simple, et complexe à la fois, outil masturbatoire. Fraîchement débarqué de province, dès l'âge de vingt et un ans, toute une mécanique de l'inconscient et de la transgression se mit en branle, qui me permettait de faire l'économie de l'autre tout en jouissant de lui, et qui accentua davantage, parce que mon propre désordre s'y prêtait, la fission entre sentiments et sexualité. À aujourd'hui trente ans, je me hissais au rang des prédateurs habités d'une solitude anxieuse, dont les gestes tendres étaient absents avec les hommes, gênés avec mes parents, maladroits avec les femmes de ma vie.

Un monstre d'égoïsme blindé comme une porte de banque qui ne rêvait plus, n'attendait plus que d'une bonne charge de TNT pour faire sauter les verrous. Car si dans mes pensées, « la sentimentalité est ce qui fait aujourd'hui l'obscène de l'amour » comme l'écrivait Roland Barthes, cette sentimentalité était bien là en moi, quelque part, à la recherche d'un territoire, gigotant dans sa camisole auprès de Valérie et de sa famille, sautillant auprès d'Anne et de Rangoon, certains soirs de beuveries courant comme un lièvre après Christine… Plus j'avançais en âge, plus violent m'apparaissait le dilemme de cette condition : j'étais de ces hommes qui ne connaîtraient rien du monde ni d'eux-mêmes sans les femmes. Comme si ce n'était pas assez compliqué comme ça… Elles sont joueuses, les Parques !

Pas vraiment raccord avec l'ambiance du bordel, j'accomplis vite fait mal fait ma petite affaire avant de retourner dormir là où je me sentais vraiment au chaud, chez moi, en confiance. Chez Christine.

26

Un soir, Christine me proposa d'aller dîner au Cannibale, en haut de la rue Jean-Pierre-Timbaud. Elle était nerveuse, légèrement affolée. À peine attablés, on commanda un pot de vin direct. Christine ne disait rien, elle laissa s'installer un silence pensant. Un de ces silences fertiles qui était comme une dégradation de la parole ordinaire, nécessaire à l'éclosion d'un autre discours, plus grave. La rumeur du restaurant meubla donc notre tête-à-tête le temps que le serveur apporte le vin. Christine but une gorgée puis s'accrocha au pied du verre qu'elle serra jusqu'à ce que ses doigts aient définitivement cessé de trembler, qu'ils soient aussi durs et cassants que leur support.

– On a un problème, enfin… Je ne t'en ai pas parlé hier, mais j'ai plusieurs semaines de retard.

– De règles ?

– Non, de retard mental, crétin ! Bref, j'ai fait le test avant que tu viennes. Regarde…

Elle sort de son sac à main le stylet de buvard humecté de ses urines que je lui prie nerveusement de remettre discrètement à sa place, fuyant le regard intrigué de nos voisins de table.

– Je te crois sur parole. Bon et alors ?

– Bleu… dit Christine, c'est bleu, complètement bleu… Plus bleu serait insoutenable. Je suis enceinte.

– Et c'est vraiment sûr ?

– La gynéco le confirmera dans la semaine, mais je le sens. Je le sais… Un truc de femme…

Christine tourne son regard de gauche à droite à la manière d'un lézard aux aguets, puis penche sa tête sur moi pour susurrer à mon oreille un message codé :

– J'ai les seins durs…

Un intrus s'introduisait par surprise à notre table, une présence fantôme et redoutable, nimbée d'un silence qui effaça totalement la rumeur du restaurant. Mon cœur se souleva.

Je ne trouvai qu'à dire « c'est énorme… » tandis que je me levai pour aller rendre mon verre de vin aux toilettes. Je me souviens d'avoir dû m'y prendre à plusieurs reprises pour ouvrir la porte au fond du restaurant. À mon retour, le premier litige survint lorsque Christine voulut commander un second pot avant même d'avoir commencé à manger...

– On verra plus tard, ce n'est peut-être qu'un œuf clair ou une grossesse extra-utérine...

La soirée se déroula étrangement. Séparés par une gêne soudaine, Christine et moi passâmes le repas à nous épier. Le serveur s'inquiéta de la qualité de la cuisine quand on voulut payer. Nous avions à peine touché à nos assiettes. On le rassura, puis on se sépara au pied de l'immeuble de la rue des Trois-Bornes.

27

Je mis longtemps, dans l'insomnie de cette nuit, à déchiffrer ce que j'avais entraperçu, la possibilité que je sois père. Père... Papa... mais de quoi ? C'est cela qui n'était pas facile à recevoir, ni surtout à concevoir, la sensation quasi physique d'un plein, l'intrusion d'un corps étranger à la pensée. Quelle était cette vie qui ne résidait en rien dans mon corps, et pourtant me remplissait d'un bonheur endogène ? Quelle était cette chaleur dans la poitrine qui ne sortait de rien et qui peut-être me reconduirait à rien.

Père, j'étais père ce soir d'un corps qui ne vivait qu'à moitié, qui n'était qu'à moitié un corps.

La peur des pères néophytes me gagnait, m'entraînant dans un abîme d'enchâssés et vains symboles.

Quelques heures, je flottais dans un état d'entre-deux, accroché encore à ce que je croyais être mes propriétés, et conscient que ma place acquise était remise en cause. Ainsi, je n'occuperais plus le centre de mon monde.

Un coup d'état s'opérait qui destituait chez moi l'enfant de ses droits pour introniser un père possible à la recherche de ses fonctions.

Un nouvel ordre se dessinait sous mes yeux, des yeux que gagnait la schizophrénie : Christine n'était plus mon amie, elle devenait ma moitié. Moi-même je n'étais plus qu'une fraction d'enfant. Désormais je ne serais plus uniquement responsable de ma petite personne, j'allais vivre une vie qui ne serait plus seulement la mienne.

Un glissement me sépare de moi-même, me divise.

Ainsi mon cœur n'allait battre qu'à moitié, n'être qu'une moitié de cœur. Cette perspective soudain si proche, si concrète n'en finit pas de bouleverser les éléments d'un puzzle dont j'ignorais le nouveau paysage. Et comment l'annoncer aux parents ? Comment leur faire avaler, après mon homosexualité, cette autre pilule qui a les effets paradoxaux d'un ecstasy. Comment allaient-ils vivre cet autre et inverti coming-out. J'entends déjà ma mère, je vois déjà le visage fermé de mon père : « Décidément, tu nous auras tout fait ! » J'imagine ma mère sangloter d'une voix blanche, abattue : « Tu as pensé à l'avenir de cet enfant, qu'est-ce que tu vas lui dire ? Comment va-t-il le vivre, tu y as pensé, à l'école, avec ses camarades, tu t'es demandé comment il allait vivre ça ? » Je m'attends à cette leçon de morale, je le sais, mais plus que tout, j'appréhende leur déception. Ça peut sembler étrange, et pourtant… À leurs yeux, il me sembla que j'étais entré en homosexualité comme en religion, dans des ordres sévères et maçonniques qui excommuniaient d'emblée ses adeptes de l'enceinte familiale. « Non, l'homosexuel ne peut pas fonder une famille. Non, il ne doit pas élever des enfants ». Toujours, j'avais pris ces paroles pour des lois divines, argent comptant. Ma liberté sexuelle était à ce prix, conditionnelle.

La mort dans l'âme, mes parents avaient accepté le fait – non l'idée – que leur fils unique n'aurait pas d'enfant, qu'ils ne seraient jamais grands-parents. La mort dans l'âme, et pourtant… Pourtant il me sembla percevoir un soulagement dans leurs voix, surtout dans celle de ma mère, ma mère adorée. Des paroles me reviennent, souvent, paroles maladroites se voulant rassurantes et qui en disaient long sur ce qui se tramait dans son esprit : « Mon chéri, c'est dur pour nous mais on t'aime malgré tout comme tu es, on t'aime peut-être même plus fort qu'avant ».

De notre unique et longue conversation lors de mon coming-out, ses dernières paroles seules sont restées, écrasantes du poids d'un amour maternel, de l'amour d'une mère qui se réjouit sans oser se l'avouer que son enfant ne connaisse pas d'autres femmes, reste à jamais son enfant, et elle la femme de ma vie.

L'œil voilé par la membrane du sommeil, je restai allongé sur le lit toute la nuit dans une veille agitée d'enfants dont on ne parvenait pas à surprendre le visage, peuplée de têtards et de corps de phosphore, toute une foule d'embryons de pensée dont la densité se fit plus mouvante avec les heures jusqu'à refermer implacablement sa masse incohérente sur moi au lever du jour.

28

Dès que la gynécologue eut refermé la porte de son cabinet tendu de brocart cramoisi, j'attrapai Christine par la manche de son manteau comme un gamin dans une animalerie fait une crise de chantage affectif pour adopter un chiot ou un chaton.

– Dis, on le garde, je trépigne. On le garde, hein, tu n'as pas changé d'avis, tu veux bien, tu veux toujours…

29

Les quatre premiers mois, nous les avons traversés comme un tunnel. Nous voulions nous accrocher à l'idée de cet enfant tout en conservant nos distances avec lui au cas où il déciderait, lui, de ne pas s'accrocher à l'utérus. Mais pouvait-on vraiment parler d'enfant à ce stade de la grossesse ? Non, l'embryon devenait l'objet fondamental de l'attente, de l'espoir ; à lui seul était suspendue la possibilité d'une autre vie, celle de l'enfant.

Je dormais pratiquement toutes les nuits chez Christine sur le sofa, et me réveillais l'angoisse au ventre quand je l'entendais tirer la chasse d'eau des toilettes. Je ne bougeais pas, j'écoutais la vitesse des pas, leur pesanteur, la pointe des pieds rassurante, le talon inquiétant, j'écoutais la respiration, j'écoutais le frôlement de son pyjama dans l'angle du couloir, je comptais les tours de rouleau de papier hygiénique, j'analysais les grincements de la lunette et la régularité des mictions. Seules les dernières gouttes de pipi me rendaient au sommeil.

30

Soucieux de donner toutes ses chances à cet embryon de vie, j'accompagnais Christine dans l'arrêt de l'alcool. Pour les cigarettes en revanche, elle ne devait compter que sur son propre courage, j'évitais juste de fumer en sa présence. Bref, j'avais établi avec son accord un plan de sevrage peu orthodoxe mais efficace. Un verre de vin à midi, deux verres le soir pour l'apport en oligoéléments. Et pour passer le cap difficile des angoisses qui montent à la tombée de la nuit, un gros joint partagé de bon cœur.

Pas question de fumer n'importe quoi, il nous fallait du cannabis issu de l'agriculture biologique. On investit quelques lourdes roupies dans l'équivalent de trois mois de fourrage de chanvre indien que notre ami Christophe produisait sur les hauteurs de sa terrasse du XXe arrondissement. Une production artisanale, garantie sans pesticide et séchée avec soin, dont je récupérai des graines tombées au fond du sachet en plastique pour les planter dans le terreau de jardinières que j'avais décidé d'installer dans mon studio, transformant en une après-midi mes 30 m^2 en une serre tropicale illuminée vingt-quatre heures sur vingt-quatre par les sunlights de néons à sodium favorisant la photosynthèse.

Durant ces longs mois d'attente, Christine respecta scrupuleusement le régime. Et tandis que l'enfant poussait dans mes songes et grandissait dans les chairs de Christine, je m'exerçais dans l'isoloir de mon appartement à l'apprentissage de la paternité, père en herbe veillant avec le plus grand soin sur la nurserie des plants de chanvre. Inimitable jardinier de la tendresse et de l'émotion, j'assistai émerveillé au bout de quelques semaines à la naissance de fragiles pousses vertes. De la terre noire des jardinières, avec des délicatesses d'enfant, le chanvre indien s'essayait à la forme. Tout, dans son évolution, n'était qu'ordre, harmonie, algèbre. Avec infusion de lenteur, prudentes, les tiges semblaient déployer des trésors d'instincts féroces pour s'élever vers la lumière des néons. Je les nourrissais d'engrais universel, caressais leur feuillage d'une éponge humide, trop impatient de moissonner la récolte prometteuse. Récolte un peu inutile et qui devait me rester sur les bras – j'allais m'en rendre compte –, puisque les hormones de la maternité, plus précisément l'ocytocine, agirent progressivement sur Christine comme le plus doux des opiacés.

31

Vers la fin du quatrième mois, passé l'eugénisme de l'amniocentèse, notre état d'esprit changea radicalement. Christine disait sentir le bébé. La gynéco voulut-elle plomber l'atmosphère en prétextant qu'il ne pouvait s'agir que de gargouillis intestinaux, nous n'en avions cure. Notre enfant était bel et bien là. Il était là. On le voyait dans l'écran de vidéosurveillance de l'échographie. Si Christine disait le sentir bouger, je la croyais, je croyais à ce bébé qui n'était plus un têtard et prenait à chaque nouvelle échographie une forme toujours plus humaine et rassurante. Émotion sucrée de le voir bouger, sucer son pouce, de découvrir ses lèvres, la forme de son pied, de son nez, d'entendre son cœur. Inquiétude et trouble de voir son squelette, son crâne en tête de mort, l'intérieur et l'extérieur de son corps sans voir sa peau.

32

Christine a une sensibilité exacerbée. Certaines odeurs peuvent la gêner : les parfums violents, ces parfums de femmes qui saturent les airs indisposent Christine quand elle passe dans leur sillage. Elle met un mouchoir sur son nez. Elle dit que les gens s'étourdissent avec, elle dit qu'ils donnent ainsi le change sur leur vide intérieur.

Quelque chose d'autre aussi est arrivé, s'est installé insidieusement dans notre couple. Au début, je n'y prêtais pas attention, je notais juste que Christine s'était approprié le sofa qu'elle avait creusé en un nid de coussins moelleux, de mousses et de cotons, dans lequel elle restait lovée des heures en grignotant devant la télé. Je ne peux croire qu'une consommation excessive d'herbe soit à elle seule responsable de l'acuité trouble avec laquelle je ressentis sa métamorphose. Il me sembla en effet qu'une sérénité bovine gagnait Christine. Elle se gavait de Vache-qui-rit à tout moment de la journée, et pouvait rester des heures à la terrasse d'un café à regarder les passants, silencieuse et ruminant d'aise sur sa chaise en souffrance. Jamais, je ne l'avais vue comme ça, aussi épanouie. Elle marchait tranquillement dans la rue, dandinant joliment du bassin sur le pavé et se posait régulièrement sur les bancs publics pour sortir de son sac à main transformé en garde-manger des Vache-qui-rit dont elle suçotait le triangle de lait avec une désarmante insolence.

Jamais ses cils ne me parurent si longs, ni son œil si bien dessiné. Des poils poussaient même sur son ventre, à la naissance du nombril. Christine irradiait de paix. Elle n'avait guère de sautes d'humeur qu'avec moi. À certaines heures, c'était une vraie peau de vache qui me renvoyait à mon unique fonction d'homme de ménage chargé des courses et de l'hygiène domestique.

De moi, il me sembla parfois que l'ingrate n'avait plus rien à paître. Elle était seule avec l'enfant, seule au milieu des autres, d'une solitude joyeuse qu'elle portait à un comble de beauté et grâce. Tout entière occupée par son enfant, comblée d'un amour qui enfle, Christine m'échauffait les sangs. Je l'épiais avec jalousie. Jaloux j'étais de la voir s'absenter de moi, de tous les regards que je portais sur elle. Jaloux de la voir prendre son pied avec des Vache-qui-rit tandis que moi je devais pallier les obsessions de l'alcool avec des joints toujours plus chargés qui m'entraînaient hors des sentiers de la paternité.

33

Ce soir, elle me dit qu'elle a les jambes lourdes, qu'elle a mal au dos et qu'elle a besoin de calme. En me raccompagnant à la porte, je remarque que Christine clopine légèrement. Congédié, je passai donc la nuit dans mon studio à regarder la télé en fumant des joints, seul, couché dans le triomphe des plantes qui dégageaient avec la floraison une odeur des plus pestilentielles.

La saison des moissons était venue, je décidai en cette nuit de désœuvrement de faucher la récolte pour m'occuper l'esprit, puis m'assoupis sur mon lit devant la télévision. Vers 4 heures du matin, des cris d'oiseaux me sortirent de ma torpeur. Prise dans la strangulation des draps, la télécommande avait zappé sur un documentaire animalier d'Arte qui observait des oiseaux dans leur tactique de désinformation pour tromper les prédateurs. Un programme captivant destiné à un audimat d'insomniaques, et dans lequel on voyait notamment une mère pluvier se mettre à clopiner ostensiblement et faire semblant d'avoir une aile cassée pour éloigner du nid l'attention d'un renard…

Se peut-il qu'à un moment de la grossesse, le père devienne un prédateur pour la mère ?

34

C'est venu plus tard, comme un serment qui a besoin de temps, d'un temps qui ne se renie pas et appartient entièrement à la mère. Christine squattait le sofa avec l'imparable *J'attends un enfant* de Laurence Pernoud. Je m'installai confortablement dans un fauteuil, avec assez de distance pour aiguiser sa curiosité et qu'elle puisse deviner dans son champ de vision le titre du livre d'Aldo Naouri, que je venais d'ouvrir en soupirant : *Une place pour le père*.

– C'est intéressant ?

– La première phrase, oui. Le reste, c'est une accumulation de cas plus ou moins analysés où je ne me retrouve pas.

– Et quelle est cette première phrase… ?

– « C'est en lui désignant son père que toute mère introduit son enfant au monde symbolique », je lis. Ah, si, il y a autre chose, un exergue assez drôle qui n'a rien à voir. Attends...

Je feuillette malicieusement le livre, prends le temps d'allumer une cigarette, puis me surélève en posant les deux pieds sur le fauteuil pour donner l'impression d'être sur une chaire d'église. Et là d'une voix solennelle et mièvre, je lis les écritures sacrées : « Jésus intervient en faveur de la prostituée condamnée à la lapidation : "Que celui ou celle qui n'a jamais péché lui lance la première pierre !" ». Une vieille dame sort du rang, prend un énorme projectile et trouve la force de le lancer. La prostituée, atteinte à la tête, s'écroule. Alors Jésus se retourne et s'écrie : « Maman, tu sais, quelques fois tu m'énerves, tu m'énerves !... »

Christine n'y résista pas, elle éclata de rire, et son visage s'adoucit.

– Tu penses que tu seras un bon père ?

– C'est quoi un bon père ?

Christine interroge un long moment sa propre histoire de famille avant de lâcher timidement, presque hésitante :

– Un père présent...

– Plus présent que ne l'a été ton père ?

– En quelque sorte.

– Tu as la réponse à ta question. Malgré toute ma bonne volonté, ça ne dépend pas que de moi.

Christine me dit de m'approcher et me prit la main pour la poser sur son ventre. Un geste très simple, naturel. Un peu hésitant, maladroit, je me suis laissé guider, soutenir par la main de Christine, cette main de la mère qui transmet la nécessaire impression de force et de confiance dont le père a besoin pour pénétrer en terrain inconnu.

J'effleure, je dessine avec les doigts, avec la paume, avec le dos des doigts. Ce jour-là, j'ai perçu le vrai écho de mon enfant, sa parole silencieuse, invisible à l'échographie. Un écho comme une belle promesse qui a la longévité des grands chênes.

De cet instant, Christine ne remit plus jamais en cause mon engagement.

35

Le nombril est sorti de sa caverne, il pointe comme le téton d'un troisième sein à la place du ventre. J'y pose ma tête, j'y colle mon oreille, je le caresse. De petits mouvements viennent à la rencontre de mes mains, qui prennent déjà les allures et les règles d'un jeu. Mon premier colin-maillard avec lui et sa maman. Plusieurs semaines auront été nécessaires pour établir ce lien à trois. La prudence de mes gestes, soutenue par l'humour de Christine, me permettent aujourd'hui de naviguer plus facilement dans les eaux tourmentées de nos émotions. Et pourtant, ça n'a pas été évident au début. Unis par une amitié quasi fraternelle, Christine et moi n'avions jamais partagé une telle intimité. Nous étions tendres l'un envers l'autre, nous aimions nous promener bras dessus bras dessous dans la rue, déposer des bisous dans nos cous, sur nos fronts, j'adorais l'attraper par la taille, et Christine était ma partenaire favorite en soirée pour danser des slows trop langoureux pour être sincères. Mais là, c'était différent. Entre l'enfant et moi, il y avait la forteresse du corps sexué de Christine. Quand j'effleurais son ventre, je touchais au plus intime d'elle-même, mes caresses n'étaient plus amicales, elles étaient tendres, oserai-je dire amoureuses. Troubles, il est certain, différentes. Je crois que tous deux nous n'avions pas conscience en faisant cet enfant que notre relation allait changer, que cet être en elle nous invitait à réinventer de nouveaux liens, une autre complicité. Christine n'était surtout pas à mes yeux une mère porteuse, nous avions une sincère affection l'un pour l'autre, et de longue date. Plusieurs fois, nous nous étions dit à la légère que nous nous aimions, que nous aurions fait un couple amusant si ma sexualité ne m'empêchait d'aller plus loin. Et voilà que nous nous retrouvions face au casse-tête chinois de cette grossesse, un écheveau d'émotions fortes et inconnues où le désir d'enfant s'inscrivait hors de la sexualité. Face à son gros ventre qu'elle découvrait en déboutonnant fébrilement son chemisier, je rougissais comme un adolescent.

Il y a le tremblement des premières minutes, la pudeur qui nous fait fermer les yeux tandis que je découvre l'exacte cartographie de ce paysage de peau et de soie. Mes doigts s'agenouillent doucement sur le ventre, ma paume se réchauffe, réchauffe le grain de peur de sa peau qui retrouve lentement douceur et souplesse, à force de patience et d'attention, de confiance et de tendresse. Jamais Christine et moi n'avions approché un tel territoire.

Un soir où nous avions fumé un joint pour nous détendre, nous nous retrouvâmes vêtus d'un simple slip sous la couette à nous effleurer, à nous découvrir, jusqu'à ce moment où dans un jeu de lèvres happées, l'intrusion violente d'une peur incestueuse m'arrêta plus avant dans mes élans :

– On dérape, je murmure.

– On dérape, elle soupire en désamorçant l'embarrassante situation d'un rire enfantin et en me donnant un léger coup de poing à l'épaule, que je lui rendis, qu'elle me rendit et ainsi de suite jusqu'à ce qu'on finisse par se bagarrer comme des chiffonniers, frère et sœur se chamaillant pour un bout de couette que l'autre avait en plus, frère et sœur retournés à l'âge du serment de sang, des promesses d'union sacrée.

Frère et sœur surtout jouant au papa et à la maman dans les limites de leur âge. Deux solitudes juxtaposées qui s'éprennent d'un cliché. Cette pensée aussi m'effleura, que Christine et moi avions tendance à surjouer nos rôles comme des comédiens tombent dans le travers de la caricature quand ils ne sentent pas encore leur personnage, qu'ils tâtonnent, se trompent.

36

Une nuit durant laquelle j'avais quitté la couvée de la rue des Trois-Bornes pour assouvir des besoins sexuels hygiéniques, je découvris, en rentrant vers 2 heures du matin, Christine dangereusement penchée à la fenêtre de sa chambre.

–Vieille carne, fondit-elle en larme. Ils m'ont traitée de vieille carne… !

L'affront était tombé du huitième gauche, côté cour, tandis que Christine hurlait aux fêtards de baisser la sono ou tout au moins de fermer les fenêtres. Deux étages plus bas, Christine reçut l'insulte en pleine face, légère comme un voile de voix en Cellophane qui se colle à son visage, bloque la respiration et fige la bouche ouverte dans l'expression hideuse de la stupéfaction.

Mon taux de testostérone ne fit qu'un tour. Tandis que les fêtards ouvraient la porte malmenée par mon exaspération, je m'entendis dire «ma femme est enceinte», une phrase simple, anodine, dont la beauté me ravit. La porte me claqua au nez. Enorgueilli par mon instinct de mâle protecteur, je retournai au front pour attraper violemment le voisin à l'encolure :

– Aut'chose. Ma femme n'est pas une vieille carne.

Au bord de l'érection, et un cocard à l'œil, je m'en retournai telle l'aigrette conquérante, auprès du nid de Christine. Le calme était revenu, qui ne devait hélas durer qu'une demi-heure à peine, le temps que la fête déborde à nouveau et rouvre la fenêtre sur cour pour vomir son trop-plein de techno enfumé.

Aux grands maux, les grands remèdes. Christine et moi décidâmes de nous mettre en cuisine. Tandis que j'installai des plaques chauffantes électriques sur le rebord de la fenêtre, Christine alla chercher une poêle et des gousses d'ail que l'on fit revenir, griller, carboniser. Une épaisse colonne noire de fumée ne tarda pas à s'élever dans la cour, qui ferma net le clapet et la fenêtre des connards du huitième gauche.

Dans une odeur à faire fuir tous les vampires de l'immeuble, on s'endormit l'un contre l'autre. Je collai mon visage au sien pour sentir le mince souffle qui s'échappait de sa bouche. Déjà, ses rêves affleuraient en légers frémissements. Encore sous le coup de l'émotion, je répétai avant de m'endormir : « Ma femme est enceinte… Toi Jane, moi Tarzan, Tarzan veiller sur Boy, Tarzan défendre maison ».

37

Si, durant toute la grossesse, je gardais une sexualité active, quoique régulée – l'appétit de vivre que me redonnait cet enfant palliant les obsessions de l'alcool et de la luxure –, je n'appréciais guère en revanche que l'on reluque Christine. Tout étonné et troublé, je remarquais en effet que certains hommes n'hésitaient pas à draguer des femmes enceintes, pire qu'ils désiraient leurs corps, comme ce pervers, à la terrasse d'un café, qui, ne se doutant pas un instant que j'étais le père de cet enfant, adressa à Christine des sourires coquins, se rapprochant de table en table et finissant par trouver une connerie à dire sur la beauté des femmes enceintes pour se faire inviter. L'homme dit se prénommer Sylvain en lorgnant sur le décolleté de Christine, l'un de ces pigeonniers provocants qu'elle n'aurait jamais pu arborer avant, et dont elle raffolait et abusait depuis que sa poitrine avait doublé de bonnet. Entre deux banalités affligeantes, le dragueur professionnel s'arrangea vite pour faire comprendre à Christine que j'étais de trop. Cette dernière minaudait, roucoulait. Je trépignais.

Sylvain comprit que c'était le moment de s'éclipser, il quitta la table pour aller commander d'autres boissons, le temps que Christine me glisse à l'oreille qu'elle voulait rester seule. J'étais outré !

– N'oublie pas que nous ne sommes pas mariés, dit-elle sèchement. Je ne te fais pas de scène quand tu t'envoies en l'air avec tes brutes, alors accepte que je mène ma propre vie...

– Mais tu es enceinte !

– Justement, tu ignores combien les femmes enceintes ont une libido exacerbée... Et là je suis à cran. Alors... dégage !

Le retour minuté de Sylvain à notre table ne me laissa pas le temps de la dissuader de commettre un acte qu'elle pourrait regretter. Je quittai la terrasse en précisant bien que je rentrais à la maison, chez elle. Au moins ne coucheraient-ils pas dans notre lit !

Quatre heures plus tard, Christine rentra… sans le moindre regret. Amorale et assumée.

– C'était bon ? je marmonne.

– Très !

– Je ne veux plus qu'on en parle.

– Mais c'est toi qui as commencé.

– Je ne dis plus rien.

Au bout d'un quart d'heure de journal télévisé, je n'y tins plus :

– Tu comptes le revoir ?

– Non.

38

Garçon, fille… ça nous était bien égal. Pourtant quand l'échographie révéla le sexe de notre enfant, j'explosais de joie comme un supporter de football sur une tribune comble, tant une fille répondait en moi à une attente muette. J'ai toujours considéré les relations père-fils épineuses, difficiles, souvent conflictuelles – souvenir personnel et anxieux d'un bon vieil Œdipe qui n'avait pas été tendre avec mon propre père et que je redoutais comme le dard d'une guêpe en culotte courte qui préfère virevolter dans les jupons en fleurs de sa maman. C'est bête, mais il me semblait que j'aurais moins de mal à expliquer et faire accepter ma sexualité à une enfant, que le dialogue serait plus facile, les mots moins hésitants, gênés. Il me semblait que le jugement d'une fille serait toujours moins sévère que celui d'un garçon. C'est bête comme idée, et même peut-être très con, mais c'était comme ça. J'étais aux anges d'attendre une fille... Le choix du prénom ne nous plongea pas dans les affres des parents qui souhaitent singulariser leur enfant ou signifier plus pathétiquement leur désir frustré d'originalité. Nous, on voulait quelque chose de simple, passe-partout, presque plat, Adèle vint sur la table et remporta nos voix. Au moins, plaisanta Christine, quand elle nous reprochera d'être marginaux, pourrons-nous lui rétorquer que nous lui avons quand même choisi un prénom très commun...

Le problème, maintenant, restait d'apprendre la nouvelle à mes parents.

39

Si nous n'avions pas de leçon de morale à recevoir de nos amis – grosso modo, Anne courait les orthophonistes, Patricia et Stéphane recomposaient une famille, Élizabeth avait fait un bébé toute seule, Nathalie et Philippe gardaient la face pour le bien des enfants, Isabelle passait les interrogatoires de la DASS sous Prozac, Pierre cherchait l'ovule sur le marché d'une association de parents gays et lesbiens... Bref, si d'eux nous risquions juste de les surprendre, au pire de les déranger, je redoutais bien davantage la réaction de mes parents.

Sur le fond, Christine et moi étions sur la même longueur d'onde, nous voulions fonder une famille, un point c'est tout. Aux marges de ses codes et de ses lois actuelles sans doute, mais une famille quand même. Cet enfant n'était pas le fruit d'une sexualité militante, les modalités de sa conception ne regardaient pas la société. Et pourquoi la regarderaient-elles d'ailleurs ? En aucun cas il ne serait une bête de foire exhibée tous les ans dans les rues de Paris pour la grande parade de la Gay Pride. Sans doute, participerais-je seul au cortège des parents gays et lesbiens pour informer la société de ses mutations, sans doute défilerais-je par devoir et reconnaissance à l'égard de tous ces valeureux militants d'arrière-garde qui s'étaient battus pour toujours plus de visibilité, pour que je vive ce que je vis aujourd'hui. J'irais par civisme, pour le nouveau sens du combat : moins de visibilité, droit à l'indifférence.

Si à cette heure, donc, mon angoisse concernant l'accueil de notre enfant n'était pas sociale, elle était essentiellement générationnelle. Après mon coming-out, ne poussais-je pas le bouchon un peu trop loin pour mes parents, ce couple aimant depuis trente-cinq ans et toujours sexuellement actif – si j'en crois le tube de gel intime qui repose non sagement dans le tiroir du meuble de chevet de leur chambre. J'étais fier de mes parents, admiratif face à l'énigme de cette passion sans faille. Des couples comme ça, on n'en faisait plus. Mes parents, comment dire... Mes parents étaient d'une exemplarité écrasante, de ce genre d'exemplarité qui modèle les pires dépravations à l'âge des premières révoltes adolescentes. Aussi comment, eux, pouvaient-ils recevoir l'image du couple alambiqué que Christine et moi devions leur présenter ?

J'avoue avoir un temps pensé mentir, jouer un rôle, le spectacle d'un couple politiquement correct. Un coup de baguette magique, une gorgée d'eau de Lourdes et hop miracle, j'ai viré ma cuti, tout rentre dans l'ordre des choses, tout est simple. *Un homme et une femme* revisité par Almodovar, chabadabada... Non ! si nous voulions tenter de fonder une famille intégrée à la société quitte à la bluffer, je souhaitais être un minimum honnête avec mes parents et surtout notre enfant. Pas de mauvais secrets de famille, pas d'amour clopinant, bancal, pas de chambre de Barbe Bleue, ni de tiroirs secrets, pas de monstres dans le placard. Plus que tout je redoutais, pour les avoir vus à l'œuvre, les enfants astucieux. Je savais combien ils maîtrisaient l'art de s'enfoncer dans les réponses incertaines de l'adulte pour dénicher la vérité.

On ne trompe pas si facilement les enfants.

40

Ma mémoire n'est pas un disque dur, elle est molle, parfois gazeuse. Quand je débarque à la gare Matabiau de Toulouse, que je m'engage sur l'escalator jusqu'au hall où mes parents tracent les même pas perdus depuis dix ans, les souvenirs glougloutent confusément à la surface, comme une fosse septique pleine déborde au fond d'un jardin, avec son lot d'effluves, de matières, et de bulles poussives. Une métamorphose s'opère dans l'escalator de la gare qui me fait rentrer la tête dans mes épaules et retrouver le timbre de voix mal affirmé de l'adolescence. Mon visage change aussi, j'ai la moue absente d'un ravi de la crèche et des yeux qui n'accrochent plus les regards. Mon parcours en voiture jusqu'à la maison se fait à l'aveugle. Installé à l'arrière sur la banquette des enfants qui est ma place, je ne peux pas regarder par la fenêtre cette ville rouge où j'ai voulu mourir. Mes parents ne comprennent pas quand je leur dis que je préfère qu'on se voie dans le Lot, dans la ferme de mes grands-parents où mes souvenirs sont plus complexes, plus complémentaires.

Toulouse et la maison sont sans nuances le territoire plombé de mon adolescence, un nid d'acariens pour asthmatique.

J'étouffe ici.

Nos retrouvailles sont immuables.

– Alors comment tu retrouves la maison ? Ça n'a pas trop changé ? dit toujours mon père.

– Non, non, c'est bien, je réponds faussement concerné.

– Et nous on n'a pas trop changé ?

– Mais non, papa. Mais non.

– Tu dois avoir faim, tu n'as pas mangé…

– Si, dans le train.

– Tu as mal mangé, insiste ma mère.

– On t'a fait un gratin de brocolis… Et c'est que du bio. Tu manges pas ça à Paris, mon père fait l'article.

– Sûr…

– Laisse-moi te regarder, dit ma mère en

ajustant ses lunettes. Oh, tu n'as pas si mauvaise mine que ça. Un peu gris, plaisante-t-elle. Je suis sûre que tu ne manges pas équilibré. Est-ce que tu manges des légumes ?

– Non, je réponds pour lui faire plaisir.

– Et voilà, comment veux-tu te sentir bien si tu ne manges pas équilibré. Il faut manger de tout, des fruits, tu en manges, non ? Et voilà... Et après tu t'étonnes que tu es déprimé. C'est quand même pas compliqué de manger un fruit.

– Oui, oui, je sais. J'en achète parfois.

– Mais tu achètes ça où ? Tu as un marché bio ?

– J'y vais de temps en temps.

– Mais c'est pas de temps en temps, c'est tous les jours. Une bonne hygiène alimentaire je te dis... Tu comprendras un jour et ce sera trop tard.

– Mais non, maman.

On passe à table. Et sans goûter le gratin, je me lève machinalement pour chercher la salière. Histoire de relancer une conversation sur la diététique qui pallie le mutisme sur ma vie privée.

– Tu sales trop, c'est mauvais pour la tension. Pense à l'hérédité que tu as du côté de ton père...

– Juste une pincée. Pour le goût.

– Mais tu perds justement le goût des aliments.

– Mm, Mm…

Au moment du café, seul toxique que s'autorisent mes parents, j'attrape mon paquet de cigarettes et m'installe sur le rebord de la fenêtre. Alors, on parle de mon travail, de mon logement trop bruyant à Paris et de la famille, cousins, tantes, grands-parents ont grâce au ciel des vies qui comblent le vide de mes confidences, les blancs de l'inavouable. Je fume sans ouvrir les lèvres, ou bien en laissant s'échapper la fumée en parlant d'une manière assez vulgaire. La seule manière pour moi de leur signifier que je ne suis plus un enfant.

41

On habite près de l'église et du lycée Saint-Sernin, objectivement c'est un joli quartier. Tout le monde dit ça. Et pourtant, il y a des rues que je ne peux plus emprunter. Les ravalements de façades n'y changent rien avec les années. Aujourd'hui encore, chaque déplacement dans le cœur historique de cette ville me replonge à l'âge ingrat où je m'épuisais dans des actes obsessionnels. Des tics nerveux colonisaient dans mon corps : un clignement d'yeux ridicule, un plissement de nez, un agacement dans l'épaule ou les doigts que je contrecarrais jusqu'à la luxation. Et je ne parle pas des tocs, c'est inimaginable combien mes pas étaient comptés ici, la traversée du moindre passage clouté devenant un exercice calculé dans lequel mes chaussures devaient toujours être au centre des bandes blanches, et jamais deux pieds sur une même bande. Jamais. Bien sûr. Le bon déroulement de la journée en dépendait. C'est logique.

Ma chambre domine les toits, un mur la sépare de la chambre de mes parents qui parlaient souvent à voix basse la nuit. Beaucoup de problèmes semblaient les agiter. Mon lit d'enfant a les dimensions de la dépression, seul un enfant peut y dormir. Quitter ce matelas a été ma première voie vers la guérison. Le début de ma thérapie.

Rien n'a changé ici, ou plutôt si, tout est figé dans le refus du changement. Mon père a remplacé les livres de la bibliothèque que j'ai déménagée à Paris par d'autres, impersonnels, des stylos sont posés sur le bureau dans un alignement parfait impossible pour moi à maintenir, et ma mère a même exhumé, passé à la machine et exposé sur une chaise mon ours en peluche.

Le lendemain, à mon réveil plein de fatigue, la tête cassée par des pensées folles, je me suis dit que ce n'était pas possible ici, que je ne pourrais pas parler à mes parents à Toulouse, ici, englué dans la matière, dans le poids et l'inertie de cette matière familiale.

J'ai grandi, Toulouse non. Je suis devenu trop grand pour cette ville. Encore aujourd'hui je la quitte avec l'effroi de mes vingt ans, quand mes parents ont eu l'intelligence de sentir, sans comprendre, que ce qui me protégeait ici commençait à me tuer.

Je monte dans le wagon, les portes se referment. Et dire que dans quelques années peut-être, mon enfant me reprochera comme je l'ai fait avec mes parents de l'avoir mis au monde… Je leur fais un signe à travers la vitre du wagon. Avec toute l'indulgence et la reconnaissance de l'adulte.

42

Le jour où mes parents débarquèrent comme un seul homme par le premier train à la gare Montparnasse, j'étais sur le quai à les attendre. Officiellement, ils étaient venus passer quelques jours de vacances dans la capitale. Je leur cédai mon studio – aseptisé pour l'occasion – et leur expliquai que je ne serais qu'à deux pas, chez Christine, une amie très chère que je souhaitais leur présenter. Et que justement – miracle des concordances de calendriers – nous les recevions à dîner dès ce soir, rue des Trois-Bornes.

Christine était nerveuse à l'idée de rencontrer mes parents, d'une fatigue hostile. Peut-être parce que les siens n'étaient pas là, et qu'elle y pensait, peut-être parce que au fond d'elle, elle se trouvait dans la situation d'une orpheline qui découvre pour la première fois une famille adoptive, des étrangers. Quoi que ce fût d'orageux qui traversa son esprit, elle se prépara à la rencontre avec mes parents comme n'importe quelle bru motivée qui se respecte. Elle était radieuse quand elle ouvrit la porte pour ce dîner des quatre vérités.

La soirée débuta par un apéritif coincé au salon. Heureusement la maîtresse de maison n'était pas une première main, elle en avait décoincé des plus coriaces. Mes parents n'y résistèrent pas longtemps. Rien de leurs faits et gestes ne m'échappant, je remarquais notamment que ma mère guettait la venue d'un dernier convive, sans oser l'évoquer. Cette femme était enceinte, il devait bien y avoir un homme qui allait surgir du couloir, d'une pièce, d'un placard. Mais non, personne. Au tic nerveux qui agitait son nez, je sus que ça turbinait sec dans sa petite tête chercheuse de mère possessive.

– C'est un grand et bel appartement, dit mon père.

– Un peu grand pour une femme seule, répondit Christine en m'adressant un langoureux sourire de psychopathe.

La curiosité de ma mère était piquée au vif :

– Le papa ne vit pas avec vous ? s'enquit-elle avant de se rétracter faussement. Oh pardon, c'est une question très indiscrète, ça ne me regarde pas.

– Ne croyez pas cela, madame, ça vous regarde plus que vous ne l'imaginez, lança Christine comme une première offensive.

Il fallait que j'intervienne.

– Papa, maman, voilà... on a retardé le moment le plus possible pour vous en parler parce qu'on n'était pas certains que le bébé s'accroche.

Je m'interromps.

– Tu as pris tes médicaments pour la tension, papa ?

– Oui.

À petits pas de geisha, Christine apporte un plateau avec un verre d'eau et un tube de Lexomil :

– Surtout n'hésitez pas à vous servir...

– Donc, on n'était pas sûrs qu'il s'accroche, mais il est bien là, fis-je en caressant le ventre de Christine. Notre bébé.

La main de mon père se mit à trembler, il posa son verre.

– Votre bébé ?

– Oui, notre bébé.

Ma mère fondit en larmes et tandis que je me précipitai pour l'embrasser, la serrer dans mes bras, elle répétait avec moins qu'il n'en faut dans le regard pour canoniser une illuminée : c'est un miracle, mon chéri, c'est merveilleux, tu vois dit-elle en se tournant agressivement vers mon père, je savais que ce n'était pas irréversible…

– Christine et moi avons décidé de nous unir, mais ça ne veut pas dire que j'ai changé… N'est-ce pas, Christine ?

– Ouh là, leva-t-elle les yeux au ciel. Pas le moins du monde…

– Je ne comprends pas, s'entêtait ma mère.

– J'ai peur de comprendre, soupira mon père.

– Mais, non, non c'est monstrueux, voulut-elle nier l'évidence. Vous ne pouvez pas faire ça. Vous ne pensez qu'à vous. On ne fait pas un enfant à la légère, comme ça, parce qu'on s'aime bien et qu'on s'ennuie. Je ne dis pas ça pour vous, mademoiselle… Je parle à mon fils. À toi, tu m'entends… Mais quand prendras-tu tes responsabilités ?

– Mais je les prends…

– Je ne comprends pas, répéta-t-elle.

Et c'est alors que mon père, gêné de prendre ainsi en otage Christine, eut ses mots d'énervement qui allaient résoudre tous les faux problèmes que nous ne cessions de ruminer depuis le début de cette grossesse.

– De toute façon, s'opposa-t-il à ma mère, ça ne nous regarde pas. Et je ne suis pas sûr de vouloir en savoir plus. C'est leur vie privée après tout, merde… Mais ce bébé, ça, mon grand… c'est quand même le plus beau cadeau que vous puissiez nous faire.

– Comment ça, « ça ne nous regarde pas » ! crut s'étouffer ma mère. Ça me regarde tout de même quand mon fils fait des conneries, non ?

Malgré les remontrances affolées de ma mère, le repas se passa bien, et au bout du deuxième verre de vin cette dernière, qui ne buvait jamais, avait déjà la tête qui tournait.

– Quelle chance vous avez ! sourit fascinée Christine, avant de recevoir un coup de pied sous la table.

43

Au dernier mois de grossesse, la gynéco me prit entre quatre yeux : elle voulait s'assurer que je n'allais pas tourner de l'œil à la maternité, et me demanda de réfléchir très posément si je souhaitais ou non assister à l'accouchement. Pour moi la chose était entendue, je voulais être de la partie, aux premières loges, les deux pieds solidement campés entre les cuisses pour assister à la sortie de la tête du bébé. Très professionnelle, la gynéco fit son travail de prévention du divorce en m'expliquant que l'acte était violent avec son cortège de cris, de plaintes, de chairs ouvertes, de sang, souvent d'urine et d'excréments, que voir sortir un corps du sexe de sa femme pouvait avoir des répercussions sévères sur la libido de notre couple.

Mafioso campé au creux de son fauteuil, je pris la main de Christine pour sereinement glisser à l'oreille de la gynéco :

– Aucun risque de ce côté-là.

Puis en lançant un sourire entendu à Christine :

– N'est-ce pas, chérie ?

Christine retira sèchement sa main de la mienne pour payer la consultation et attendit que l'on soit dans la cage d'escalier pour exploser de colère.

– On n'est pas au festival d'Avoriaz… Rentre-toi ça dans le crâne. Je n'ai pas très envie que tu me voies les jambes écartées sur l'étrier, la foufoune à l'air, offerte à tous les regards. Imagine-toi une seconde dans cette position et on en reparle. Pour l'heure, je souhaite ma sœur à mes côtés. Point ! Quant à ta présence, c'est moi et moi seule qui en déciderai. Et tu seras là où j'aurai le plus besoin de toi. Au niveau des yeux, de l'écoute, si ces mots t'évoquent quelque chose.

La reine Christine avait parlé, je pris acte de ses quatre volontés.

– Si tu es sage ! renchérit-elle dans le hall.

– Oui.

– La porte !

– Ah oui, pardon…

Et on sortit de l'immeuble.

La semaine précédant l'accouchement, je fus le plus vil et fourbe des esclaves au service de ma reine pour obtenir ses faveurs et gagner ma place aux premières loges de la maternité. Quand huit jours avant la date prévue, Christine décida de ne plus s'alimenter que de riz, je compris que c'était gagné. Je ne posais aucune question sur le riz, ayant appris avec le temps que les femmes aimaient être comprises à demi-mots.

44

Deux jours avant le terme prévu, Marie, la sœur de Christine, me téléphona de son portable vers 12 heures. Elles étaient déjà toutes les deux à la maternité. Marie parlait avec des intonations d'aiguilleur de lignes :

– Contractions rapprochées, col ouvert à 4... Permission de visite accordée !

Vexé de ne pas avoir été prévenu le premier, j'atterris dans le quart d'heure suivant à l'accueil de la clinique avec la ferme intention de me plaindre. Ascenseur D, 3e étage, chambre 304. Christine était en salle de travail, elle était calme, allongée sur un lit, son visage était détendu, tel que l'amour le modèle, ses traits presque enfantins. Le corps couvert d'une chemise d'hôpital, elle écoutait le bruit métallique du cœur du bébé dans le monitoring. Je ravalai ma colère, et m'assis sagement sur une chaise d'écolier.

Forte de l'expérience de trois grossesses, Marie – pour qui je m'étais pris d'antipathie durant le trajet vers la maternité – se révéla être d'une aide précieuse. Auxiliaire de service ou personnel en extra pour l'occasion, elle guida mes pauses cigarettes et calma mes inquiétudes lorsque Christine se mit à se tordre de douleur.

La dilatation s'engageait bien. Un long moment se passa… Combien de temps ? Je ne sais pas. On me l'a dit pourtant, plus tard, on a évoqué un nombre d'heures que je n'ai pas vécues. D'accélérations des contractions en phases de repos, il me sembla en effet être entré dans une autre dimension, un monde parallèle où précisément le temps s'était mis à couler différemment, par battements, pulsations, cataractes… Un temps interminable dans la crampe douloureuse, fuyant et mesquin dans le repos.

La violence des contractions envahit à nouveau Christine. Un mouvement se déchaîne, d'un déterminisme aveugle. On ne peut lui résister, on ne peut l'arrêter. Il n'y a qu'à se laisser guider, épaulé par la sage-femme dont les doigts s'ouvrent comme des compas, des sextants. Les vagues se succèdent de manière implacable. Je me laisse submerger par l'événement du corps.

Deux êtres se séparent.

À la barre, Marie et la sage-femme me rassurent : au plus fort de la tempête, un ordre régnait, clair, strict et admirable. Dans la salle d'accouchement, je me cramponnai au brumisateur. À tel point que ma main droite ne répondit plus qu'à un geste réflexe qui aspergeait en continu le visage de Christine.

– Arrête… souffla Christine dans la bruine.

– Je peux pas. C'est nerveux. Je peux pas…

– Non mais faites quelque chose, hurla-t-elle ruisselante. Arrachez-lui ça des mains, il est en train de me noyer.

Marie intervint pour m'ôter le pistolet brumisateur :

– Là, doucement, tout va bien, respire, me dit-elle.

Battements, pulsations, cataractes…
Battements, pulsations, cataractes…

L'orage en coup de poing dans mes veines, je caresse le front de Christine qui hurle contre son ventre, ce ventre qui veut se vomir lui-même. Sa main serre les draps, tâtonne, cherche à se raccrocher à quelque chose. Elle se noue à l'inutilité de ma main gauche.

Et puis c'est venu d'un coup.

Tandis que l'instant d'avant son regard était brûlé à la sueur, ses yeux se mirent soudain à briller, à étinceler. Et son souffle qui n'était plus qu'un soupir se fit à nouveau profond, puissant, débordant de rage.

D'un geste brusque et ample, la sage-femme leva les bras au ciel, portant haut dans les airs un corps aqueux dont la tête s'auréola de la lumière de la lampe murale en contrechamp. Un ange, une apparition dont le cordon s'étirait des cuisses de Christine à la manière d'une glaire filante. Un corps comme un gros crapaud tout chaud, un animal acharné à vivre que la sage-femme déposa sur le ventre de Christine.

– Vous voulez couper le cordon ?

– Non, je réponds.

Je ne voulais pas d'un premier contact en lame d'acier inoxydable avec mon enfant. Pas de cette résistance caoutchouteuse au bout des doigts qui charcutent le morceau paradoxal de viande humaine. Mes doigts d'ogre ne voulaient que toucher le nez, effleurer la tête, le front, les bras. Christine me dit plus tard que je l'avais embrassée, elle. Je ne m'en souviens pas. Je sais juste que la sage-femme souleva à nouveau l'enfant pour le mettre dans mes bras, dans mes mains serait plus juste. Des mains qui faisaient barrière aux tremblements des bras, se creusaient naturellement en berceau, se laissaient envahir par la chaleur gluante et douce, par la saveur de l'absolue félicité.

L'enfant crie, il n'a pas de visage encore, il n'est qu'un souffle, un frôlement dans la main, un poids de senteurs glissant, gluant comme une émulsion d'œuf battu. Il faut que je lui donne son bain, mes gestes sont appliqués, mais hésitants.

Je tourne la tête à la recherche du visage de Christine, comme un désir de donner un tremblement à la croisée des regards.

Lorsque je penchai à nouveau ma tête au-dessus de la baignoire, le visage était là. Miraculeux.

À fleur d'eau, deux yeux étaient ouverts, fixes, qui me harponnaient, ne me lâchaient plus du regard, de la mémoire, de l'âme.

Je souris, mes larmes sont des rires. Dieu seul me voit.

À travers l'ogive des paupières, les pupilles dilatées forment un vortex. Quelque chose est ouvert encore, de très profond qui s'éloigne.

Une image. L'image de l'autre bout de l'univers s'éloigne tandis que la matière s'approche, tandis que les yeux deviennent chair. Je n'oublierai jamais ce premier regard, ces quelques instants où les yeux n'ont pas encore découpé le monde, donnent encore à voir une partie infime de l'infini.

L'enfant sait tout de moi, il en sait plus que moi. Ça ne dure que quelques minutes, le temps que le vortex se referme définitivement, que les yeux quittent l'autre monde. L'enfant a tout oublié. Je ne retrouverai jamais plus ce vertige dans son regard.

45

Je ne sais combien de temps je suis resté à la maternité, figé, père présent extatique aux côtés de Christine qui allaitait le bébé, à les regarder, à me nourrir de cette image immobile et vivante comme une icône. À plus d'heure, je quittai finalement l'antre de la nativité, les yeux chiffonnés et un cerf-volant dans la tête. Un fou qu'on lâche dans la ville. Hors du temps, hors de l'espace.

Mon déboussolement ne m'inquiéta véritablement qu'une fois rentré entre les quatre murs de l'immeuble de la rue des Trois-Bornes. Il fallait que je retombe, d'urgence.

Je décidai de rompre avec l'éternité – ingérable en ce monde hors des asiles psychiatriques – en me rendant au bordel. Il fallait que je retrouve la vie, mes repères. Que je reprenne pied avec ma réalité.

J'y restai jusqu'à l'aube à siroter des mauresques au bar, à m'isoler dans des recoins d'ombre pour mater les corps qui s'emboîtent, qui voudraient se frayer un chemin dans d'autres corps, y disparaître. Une main s'approcha de ma braguette pour malaxer un sexe mou, et s'en désintéressa. Dans la pénombre, le verre à la main et la cigarette aux lèvres, je ne parvenais toujours pas à retomber sur le plancher des vaches. Je ne pensais qu'à elle, à son regard en ogive qui m'avait transpercé, mis à nu.

« Regarde-moi », voulaient dire tes yeux étonnamment matures. « Je te connais. Reconnais-moi. »

Pressentis-tu alors les terribles limites, et la presque totale insuffisance de ceux qui sont en charge de t'accueillir et te guider ?

La mémoire d'Antoine m'est revenue ce soir-là, souvenir encore douloureux de sa disparition.

Existe-t-il une seule naissance qui ne convoque pas les morts ? J'ai déménagé exprès pour me rapprocher de Christine quand Antoine m'a quitté.

Sept ans déjà que la maladie l'avait emporté, cette maladie de la mort qui stigmatisa une génération entière d'homosexuels. L'odeur me revient, du pavillon des tuberculeux, du dédale de couloirs et de chambres interdites de l'hôpital. J'avais presque oublié toutes ces années de deuil, oublié qu'à trente ans passés je suis de ces survivants qui tâtonnent aujourd'hui pour se rallier à la vie.

Trop d'années où d'inféconde notre semence était devenue mortifère. Trop d'années. Je pense à ça aussi en prenant mon enfant dans les bras. Que les morts reviendront de parmi les vivants un jour, qu'Antoine reviendra. Alors l'enfant, peut-être, réparera-t-il le traumatisme d'une jeunesse décimée par les épidémies et la colère. Et plus jamais, non plus jamais je ne refuserai d'aimer, encore. Malgré la peur.

Malgré tout.

www.ledilettante.com

Reproduit et achevé d'imprimer
le 31 décembre 2003
par l'Imprimerie Floch, à Mayenne
(Mayenne)

Deuxième tirage

DÉPÔT LÉGAL : 4e TRIMESTRE 2003.
(58887)
Imprimé en France